L'ARCHER BLANC

**Castor Poche
Collection animée par
François Faucher, Hélène Wadowski,
et Martine Lang**

Titre original :

THE WHITE ARCHER
an Eskimo legend

*En mémoire de Pootagook
et de son fils Inukjuakjuk
et en hommage à leur descendance.*

Une production de l'Atelier du Père Castor

1999 – 14ᵉ édition

© 1967 James Houston
Published by arrangement with Harcourt Brace New York
© 1978 Les Éditions Héritage Inc. Québec
pour la traduction en langue française.
© 1983 Castor Poche Flammarion
pour la présente édition.

JAMES HOUSTON

L'ARCHER BLANC

Traduit de l'anglais (États-Unis) par
MARYSE CÔTÉ

Illustrations de James Houston

Castor Poche Flammarion

James Houston

L'auteur est né à Toronto, au Canada, en 1921. Très jeune, il est attiré par le mode de vie des Esquimaux de l'île de Baffin. Comme son grand-père et son père, il décide de vivre parmi eux. Pendant plus de douze années, il partage leur vie et leur travail. Il recueille récits et légendes et fait connaître l'art esquimau. Il a vécu avec eux des aventures extraordinaires.

Actuellement, James Houston vit avec sa femme, dans une vieille ferme, non loin de New York. Il aime se promener dans les bois, écrire et surtout dessiner. Il illustre lui-même toutes ses œuvres qui se situent toujours dans le Grand Nord canadien, et reposent sur des faits réels.

En seize années, il a écrit quatorze livres publiés à New York et traduits en une douzaine de langues.

Du même auteur, dans la collection Castor Poche:
Akavak, n°1
Le passage des loups, n°15
Tikta Liktak, n°50.

Maryse Côté

La traductrice vit avec son mari au Canada, à Montréal, ville dont elle apprécie la richesse des deux cultures : américaine et française.

« Depuis mon enfance, je ressens le besoin d'écrire. Je m'adresse aux jeunes depuis vingt ans. C'est pour moi un défi à relever, car les enfants sont le plus exigeant des publics. Je puise les thèmes de mes livres dans l'histoire de mon pays et d'ailleurs. Le plus difficile est de commencer et de s'imposer une discipline. J'aime aussi traduire des ouvrages d'auteurs canadiens anglophones pour les faire découvrir aux jeunes lecteurs francophones. »

Gérard Franquin

L'illustrateur est né en 1951 et depuis cette date a toujours un crayon ou un pinceau à la main.

Auteur et illustrateur de nombreux ouvrages pour l'atelier du Père Castor où il a travaillé longtemps comme maquettiste, il est parti habiter loin de Paris, dans le sud de la France, à la campagne.

CHAPITRE 1

Kungo leva la tête et tendit l'oreille. Un bruit étrange, venu des profondeurs de l'Ungava, avait percé le silence de cette région arctique. Agenouillé sur un carré de peau d'ours blanc, il demeura immobile mais il n'entendit plus rien.

Il se pencha et, la tête au-dessus du trou pratiqué dans la glace, il attendit et fouilla du regard les eaux profondes du lac gelé. Au bout d'un moment, une grosse truite glissa lentement juste au-dessous de lui. Elle évoluait gracieusement; sa queue ondulait dans l'eau glacée et ses nageoires ouvertes s'agitaient comme les ailes d'un oiseau qui se tient en équilibre. Puis, une autre truite passa suivie de trois autres. Elles ressemblaient à des petits fantômes zigzaguant sous la surface verte.

Kungo tenait d'une main ferme son harpon à double pointe. Vif comme l'éclair, il le plongea dans le dos d'un gros poisson. Les mâchoires du harpon se fermèrent sur la proie et la tinrent prisonnière. Kungo la tira de l'eau et dégagea son arme. La truite se débattit, fit quelques bonds sur la glace puis demeura inerte, le froid intense l'ayant immédiatement gelée de part en part.

Shulu, la sœur de Kungo, pêchait à la ligne à quelques pas de lui. Elle accourut, prit le poisson pour en apprécier le poids et, hors d'haleine, le laissa retomber sur la glace. Kungo sourit. L'énorme truite pesait presque autant que sa petite sœur.

Fort, malgré sa taille courte, la chevelure noire, l'œil vif, Kungo montrait, lorsqu'il souriait, des dents étincelantes qui contrastaient avec le hâle de sa peau. Il portait le bel anorak et le pantalon de peau de phoque confectionnés par sa mère. Ses pieds étaient chaussés de bottes de fourrure qui lui montaient jusqu'aux genoux.

L'air du soir était limpide comme un cristal que le vent eût pu fêler. Les collines qui s'élevaient près du lac gelé allongeaient

leurs ombres sur la neige, et le ciel d'hiver flambait sous les rayons du soleil couchant.

Shulu prit une louche taillée dans un os, la plongea dans le trou et remplit un baquet recouvert de peau de phoque. Puis, marchant derrière son frère, elle traversa le lac gelé pour gagner la colline qui dominait leur campement. Kungo se délesta du lourd poisson et Shulu déposa le baquet sur la neige.

Ils contemplèrent leur minuscule village composé de quatre igloos. Des sentiers sinueux se dessinaient autour des huttes. Deux traîneaux retournés et trois kayaks recouverts de peaux minces reposaient sur des appuis de pierre, à l'abri des chiens aux dents aiguës. Les igloos semblaient déserts. Seuls quelques chiens dormaient, la tête entre les pattes, semblables à des statues sculptées dans la stéatite*. Rien ne bougeait. Tout était silence.

— Notre famille sera heureuse de goûter

---

* Stéatite: minerai, silicate de magnésium, de constitution identique à celle du talc, onctueux au toucher.

à ce poisson, dit Shulu. C'est le premier que nous ayons pris depuis la dernière lune.

Ses joues hâlées brillaient comme la gorge d'un grèbe* et les reflets bleus de ses longs cheveux noirs évoquaient les ailes des corbeaux. Vigoureuse et pleine de vivacité, elle affichait toujours de la bonne humeur et Kungo savait que, malgré ses jambes courtes, elle pouvait courir comme un lièvre.

Ils descendirent la colline. Le garçon s'arrêta soudainement et son regard se posa dans le lointain. Du doigt, il pointa le haut de la rivière, aux eaux recouvertes de glace, qui serpentait à travers la vallée avant de se jeter dans la mer.

— Le vois-tu? demanda-t-il.

Shulu ne répondit pas. La main en visière, elle scrutait la vaste étendue.

— Ne vois-tu rien bouger là-haut près de la rivière? C'est sans doute un attelage de chiens. Mais qui vient nous rendre visite? Nos bêtes et nos traîneaux sont au village.

---

* Grèbe : oiseau aquatique palmipède, au plumage ventral blanc argenté.

Peut-être s'agit-il d'étrangers venus d'un pays inconnu. Écoute. Écoute, Shulu.

Un bruit cadencé, comme celui de l'eau qui ruisselle, leur parvint d'un lieu éloigné. Ils entendirent le « harr, harr, harr... » d'un conducteur d'attelage qui harcèle ses chiens pour les faire avancer.

Pressés d'annoncer à leur famille que des visiteurs se dirigeaient vers leur campement isolé, ils dégringolèrent la pente qui menait à la hutte de leur père.

Lorsqu'il fit presque nuit, tous les hommes, les femmes et les enfants du village se groupèrent devant les igloos et attendirent, en silence, l'arrivée des étrangers. Ils aperçurent bientôt un long traîneau que des hommes manœuvraient dans un coude de la rivière. Surveillant leurs moindres gestes, ils les virent traverser la surface gelée et diriger leurs chiens vers la rive escarpée. Deux hommes couraient près du traîneau en tentant d'éviter les gros galets qui parsemaient le sol glacé. Un troisième homme, plus grand que ses compagnons, était à demi couché sur le traîneau.

Au moment où l'attelage étranger fit

irruption dans le campement, les chiens devinrent furieux et livrèrent une bataille acharnée aux intrus. Et tout le monde se mit de la partie pour les séparer à coups de pied. Calmées, les bêtes se couchèrent et se contentèrent de grogner et de montrer leurs crocs pointus à leurs ennemis.

Deux des étrangers s'avancèrent pour saluer les gens du village. De rudes gaillards aux visages brunis par le vent froid, aux sourcils blancs de givre, aux longs cheveux emmêlés ; il y avait sans doute longtemps que leurs femmes n'avaient pris soin d'eux car leurs vêtements étaient râpés et déchirés. Ils ne semblaient pas se soucier du froid ; ils avaient rejeté leur capuchon et laissé leurs moufles dans le traîneau. L'un des conducteurs de l'attelage boitait légèrement comme si ses orteils étaient gelés depuis longtemps.

Le père de Kungo s'adressa au second conducteur, homme long et sec.

— Je vous ai connu à la rivière des Deux-Langues quand vous étiez jeune. Votre père s'appelait Tunu.

L'étranger acquiesça d'un signe de tête.

L'homme de haute taille qui était demeuré

dans le traîneau leva la main gauche en guise de salut. Son bras droit pendait le long de son corps. L'observant de près dans la lumière pâlissante, Kungo vit qu'une manche de son anorak en lambeaux avait été ouverte d'un coup de couteau et que sa main était couverte de sang.

Parce que le père de Kungo avait connu l'un des visiteurs à la rivière des Deux-Langues, la politesse l'obligeait à l'inviter, avec ses compagnons, à dormir dans l'igloo, ce qu'ils acceptèrent avec empressement. Sa femme courut à la hutte et prit sa place habituelle au bord du lit; elle se tint prête à accueillir les voyageurs. Les autres membres de la famille détèlerent leurs chiens et leur donnèrent de la nourriture.

Les trois hommes enlevèrent leur anorak et s'allongèrent sur le grand lit; les femmes leur retirèrent leurs bottes et les mirent à sécher au-dessus de la lampe alimentée à l'huile de phoque. Avisant une peau d'eider* placée près de la lampe, l'homme

---

* Eider: genre de grand canard des pays du Nord, fournissant un duvet apprécié (édredon).

blessé en arracha un peu de duvet qu'il posa sur sa blessure pour en arrêter le sang. Les gens de la maison s'affairèrent à dépecer un phoque et à le préparer pour un festin. Altérés, les étrangers burent avidement l'eau fraîche qu'on leur offrit ainsi que la soupe au sang chaud qui les réchauffa. Après avoir dévoré la viande crue, tranchée mince et à demi gelée, ils reprirent leur place sur le lit, heureux de la bonne chaleur qui régnait dans l'igloo. Tous les voisins accoururent aux nouvelles et, coude à coude dans la hutte, ils écoutèrent en silence.

L'homme de la rivière des Deux-Langues raconta le long voyage en traîneau entrepris avec ses compagnons. À la recherche du caribou, ils avaient dû traverser une chaîne de collines, en bordure de la mer, puis s'engager dans l'immense plaine balayée par le vent. Pendant des semaines, pas le moindre être vivant en vue, sauf un loup famélique. Assaillis par de violentes tempêtes de neige, torturés par la faim, ils n'avaient trouvé aucun gibier ; seules quelques perdrix des neiges, capturées par hasard, les avaient empêchés de mourir d'inanition.

En entendant cela, les villageois approuvèrent de la tête ; ils connaissaient bien ces oiseaux aux pattes de fourrure qui habitent la grande plaine et dont la chair a sauvé plus d'un chasseur.

Affamés, les trois hommes s'étaient vus forcés de manger l'un de leurs chiens. Quelques jours plus tard, en suivant des pistes de caribous, ils avaient atteint la Terre des Petits-Arbres, territoire jalousement gardé qui appartenait aux Indiens. Là poussaient de rares arbres constamment tordus par le vent et dont la taille atteignait à peine celle d'un homme. Le sol était pauvre et seule la mousse de la toundra y croissait en s'accrochant aux rochers. La Terre des Petits-Arbres effrayait les bêtes et les oiseaux de la vraie forêt, qui l'évitaient. C'était un pays de famine. Trois blocs de pierre sculptée en gardaient l'entrée, comme des sentinelles. Des forêts et des lacs se dessinaient au sud, dans l'horizon lointain. L'été, court et torride dans cette région, favorisait l'éclosion de mouches noires et de moustiques dont les piqûres pouvaient rendre un homme fou.

Les Esquimaux redoutaient les Indiens et n'osaient s'aventurer sur leur territoire: leurs chiens s'y empêtraient dans les arbres courts et rabougris. De vieilles histoires esquimaudes racontaient l'horreur des nuits passées dans ce pays de cauchemar où le vent arrachait des plaintes et des gémissements aux arbres, où l'on entendait des murmures comme ceux des âmes perdues. Des Indiens cruels se cachaient et vivaient dans cette étrange contrée où nul Esquimau ne se sentait à l'abri du danger.

Mais surmontant leurs craintes, parce que la faim les torturait, les trois hommes avaient poursuivi leur voyage en suivant le cours étroit de la rivière gelée qui serpentait entre les arbres tordus. Arrivés au sommet d'une colline d'où ils espéraient repérer des caribous, ils avaient aperçu un mince filet de fumée montant dans l'air glacial. Leur frayeur était grande mais leur faim plus grande encore. Ils s'étaient arrêtés, humant l'odeur de viande bouillie que le vent leur apportait.

Laissant ses deux compagnons et les chiens derrière lui, l'homme de haute taille s'était hasardé, parmi les arbres, jusqu'à une élévation d'où il pouvait voir le campement. La faim le rendait audacieux.

Prudent, il s'était tenu contre le vent afin que les chiens indiens ne pussent sentir sa présence et en avertir leurs maîtres.

Il était demeuré caché, depuis le milieu du jour jusqu'au crépuscule, surveillant sans répit les allées et venues des Indiens. Puis, il était retourné sur ses pas pour annoncer à ses compagnons qu'il ne s'agissait que d'un campement de dimension médiocre, habité par un homme costaud, un vieillard, une jeune femme et deux enfants. Quatre chiens, si petits qu'on eût dit des renardeaux faméliques, dormaient le museau entre les pattes. On ne voyait qu'un seul traîneau près d'une tente exiguë et recouverte de peaux posées sur des montants de bois. Mais le chasseur avait vu des morceaux de caribou gelés attachés aux arbres, hors de portée des chiens, et de belles peaux de loutre étendues sur un râtelier de séchage.

— Je vais prendre un peu de cette viande, ce soir, avait-il dit à ses compagnons. Je meurs de faim.

Pointant un doigt vers le sud-est, ceux-ci avaient répondu :

— Nous avons vu la fumée d'une dizaine

de feux montant derrière ces collines et entendu les aboiements de nombreux chiens qui se battaient. Sois prudent. Il semble que de nombreux Indiens habitent de ce côté.

— Cela m'est égal. Il me faut de la nourriture, sinon je mourrai. Viendrez-vous avec moi ?

Malgré leur frayeur, ses compagnons avaient accepté de l'accompagner, car ne possédant qu'un unique traîneau ils ne pouvaient guère se séparer. Le soir venu, après avoir attaché solidement leurs chiens et retourné leur traîneau, ils s'étaient dirigés vers le camp indien. Marchant l'un derrière l'autre, et avançant à pas prudents dans la plaine inconnue, ils avaient dû subir les assauts d'un froid intense. Les étoiles semblaient tourner et danser au-dessus de leurs têtes. D'étranges lueurs vertes sillonnaient le ciel et y projetaient leur éclat puis s'évanouissaient comme par magie, évoquant les courants sous-marins qui agitent les rivières. Les arbres de la forêt craquaient sous l'action de la gelée et les branches, lorsqu'ils devaient les écarter, couvraient les chasseurs d'une fine neige poudreuse. Tout cela les rendait nerveux et irritables.

Ils avaient enfin aperçu la lueur jaune d'un feu qui filtrait à travers la tente indienne. Le premier chasseur s'était avancé, attiré par la bonne odeur de viande qui mijotait; ses compagnons étaient demeurés en retrait dans une clairière. Un silence total régnait sur les lieux. Soudain, des aboiements de chiens furieux s'étaient mêlés aux cris d'un homme qui vociférait dans une langue étrange. L'Indien était sorti de sa tente. Effrayé en voyant un homme qui trébuchait dans la neige, courbé sous le poids d'énormes quartiers de caribou, et voyant briller dans l'obscurité le couteau du chasseur, il était rentré précipitamment dans sa hutte.

Retournant en toute hâte à leur traîneau, les trois hommes avaient repris la route de la rivière et harcelé leur attelage jusqu'à ce qu'ils eussent quitté la Terre des Petits-Arbres. Au matin, ils s'étaient reposés et avaient mangé jusqu'à satiété la viande volée, abandonnant les restes à leurs bêtes affamées.

Le chasseur termina son récit en s'adressant au père de Kungo :

— Nous avons regagné la côte et la sécurité des campements esquimaux. Nous étions hors de danger car les Indiens ne s'aventurent pas au-delà de leur territoire. Ils détestent et craignent tout à la fois la grande plaine où ils ne trouvent ni bois pour leurs feux, ni perches pour leurs tentes.

Après avoir écouté ce long récit, le père de Kungo regarda longuement les trois hommes et ne dit mot. C'était folie, pensa-t-il, que de s'être aventurés sur la Terre des Petits-Arbres, de voler et de recourir à la violence, transgressant ainsi la loi du peuple esquimau.

Les Indiens allaient-ils se venger ?

La famille et les trois invités glissèrent dans un sommeil agité. Au cours de la nuit, le premier chasseur poussa des gémissements, sans doute à cause de sa blessure ou au souvenir de son incursion chez les Indiens. Allongés côte à côte sur le lit, les étrangers dormirent jusqu'à midi. Bien qu'on ne leur offrît pas de nourriture, ils ne parlèrent pas de partir. Le chasseur blessé demeura renfrogné et silencieux; il balançait sans répit son bras droit enflé pour en calmer la douleur.

Les visiteurs se préparèrent à passer une seconde nuit chez leurs hôtes et, cette fois, le père de Kungo leur donna de la viande qu'ils dévorèrent en silence.

Son repas terminé, Kungo suivit son père à l'extérieur de l'igloo. Ils restèrent longtemps immobiles dans la nuit étoilée, tendant l'oreille. Le père regarda la rivière d'où les étrangers étaient venus. Il songea aux traces de leur traîneau et de leurs pas sur la neige, aux gouttes de sang que l'homme blessé avait semées sur son passage. Tous ces indices menaient directement au campement esquimau. Même un enfant eût pu suivre cette piste. Une expression d'inquiétude contracta le visage du père, et le fils sentit un frisson passer sur sa nuque; il n'ignorait pas que les Indiens de la Terre des Petits-Arbres avaient de bonnes raisons d'être en colère.

Kungo n'avait jamais vu un Indien. Son père non plus sauf qu'un jour, en traversant l'un de leurs camps à la lisière de la plaine, il avait vu les restes d'un feu et l'emplacement de leurs tentes bizarres. Des os et des plumes parsemaient le sol et une odeur de peaux fumées s'accrochait encore à la mousse de la toundra.

Ils rentrèrent dans la hutte où les étrangers dormaient déjà. La mère de Kungo sourit à son mari et à son fils. Elle mit leurs bottes à sécher au-dessus de la lampe, dont elle ajusta la mèche, et des reflets joyeux dansèrent sur les murs de neige.

Ce soir-là, Kungo dormit tout habillé. Allongé la tête au pied de la plate-forme, ainsi que le font les jeunes garçons lorsque le seul lit de la maison est encombré d'invités, il eut un rêve étrange : il contemplait, dans un trou de glace, un monde caché tout enveloppé d'ombres vertes où des êtres à forme de poissons nageaient entre des maisons qui ressemblaient à des igloos.

Il s'éveilla en sursaut. Ce qu'il vit n'appartenait plus au royaume des rêves : des hommes étranges, coiffés de larges chapeaux, se bousculaient dans la porte étroite de la hutte. Leurs gestes étaient violents, leurs voix empreintes de colère. Kungo vit luire la lame d'un couteau. Puis quelqu'un donna un vigoureux coup de pied à la lampe. Dans l'obscurité, il entendit des cris et le bruit sourd de coups de couteau. D'un bond, il fut sur ses pieds. Il sentit la douleur aiguë d'une coupure à la cheville. Courbé en deux et longeant le mur, il atteignit la porte d'entrée. Il dut passer près d'un homme grand et décharné qui sentait la fumée. Ce dernier tenta de l'empoigner, mais Kungo réussit à se dégager et il se retrouva seul dans la nuit froide. Où pouvait-il aller? La maison était remplie d'horreur, de cris et de mots qu'il n'avait jamais entendus.

Courant comme une jeune chevreuil, Kungo dépassa l'igloo de ses voisins et une longue rangée de kayaks pour atteindre la hutte de son oncle et de sa tante. Tous deux, assis sur leur lit, semblaient terrifiés par les bruits qui leur parvenaient. Ils cachèrent leur neveu sous d'épaisses couvertures de peaux de caribou et s'étendirent sur lui pour le dissimuler. Des pas précipités, des voix étranges : un Indien surgit dans l'igloo à la recherche de Kungo mais, ne voyant que deux personnes âgées sur le lit, il disparut en maugréant.

Dès que la première lumière du jour parut, Kungo fit un trou dans le mur et regarda tristement son igloo : il n'en restait qu'un amas de neige et tout ce que sa famille possédait était éparpillé sur le sol. Il ne décela pas le moindre signe de vie.

Les yeux agrandis par l'effroi, il aperçut bientôt onze Indiens réunis devant ce qui avait été la maison de son père. Grands et maigres, le visage bariolé de raies noires, coiffés de chapeaux pointus et vêtus de manteaux brodés de dessins étranges, ils offraient un spectacle terrible. Tous brandissaient une flèche, un bâton ou un couteau. Quelques-uns lançaient des flèches dans les peaux de phoque et d'ours qui séchaient sur un râtelier de pierre. Les autres, armés de couteaux, lacéraient la pelleterie et coupaient les attaches des chiens. Kungo les vit s'emparer des kayaks, les défoncer et en fracasser les montants fragiles. Puis, ils s'emparèrent de toute la nourriture qu'ils purent trouver et se préparèrent à quitter les lieux.

Soudain, le jeune garçon vit sa sœur, Shulu, que des Indiens poussaient vers l'un de leurs traîneaux sur la rivière. Il eut un élan pour courir au secours de Shulu, mais son oncle l'en empêcha, jugeant cette tentative dangereuse et inutile.

Le jour éclairait le village. Terrorisé, Kungo se rendit compte que les Indiens entraient dans tous les igloos. Pour le préserver du danger qui le menaçait, sa tante lui fit endosser un anorak à longs pans, comme en portent les femmes esquimaudes, et lui tendit un seau. Ainsi déguisé, la tête enfouie dans le capuchon, il se courba et sortit de la hutte en boitillant. Il se dirigea vers le lac comme s'il allait y puiser de l'eau. À mi-chemin, il vit l'un des étrangers, l'homme de haute taille, gisant le visage dans la neige, le dos percé de deux flèches.

Du coin de l'œil, Kungo aperçut un Indien qui le montrait du doigt et un autre qui ajustait une flèche à son arc.

L'homme tira mais la flèche passa, comme un éclair, devant le visage du jeune garçon qui s'enfuit à toutes jambes vers le lac. Une fois hors de portée de ses agresseurs, il se débarrassa de ses vêtements de femme et s'empara d'un couteau, à lame d'ivoire, oublié près du trou dans la glace.

Rapide comme un lièvre, il courut vers

le nord en prenant soin de suivre le littoral afin de ne pas s'égarer. Il savait que, très loin au-delà de la rivière des Géants, vivaient des Esquimaux qui s'empresseraient de le secourir.

Lorsque le soir tomba, il n'eut plus la force d'avancer. Exténué, il s'étendit sur la neige et songea à son père, sa mère, ses voisins, et surtout à sa petite sœur, Shulu. Ses yeux se remplirent de larmes puis une colère terrible s'empara de lui. Les pensées les plus sombres envahirent son cerveau. Il n'avait vécu que douze hivers. Était-ce déjà la fin de sa jeune vie?

«Je dois survivre, se dit-il, et atteindre ce campement esquimau au plus tôt.»

Frappant le sol glacé de ses poings fermés, il se jura de venger sa famille, de punir ces hommes venus de la Terre des Petits-Arbres pour semer la terreur chez les siens.

Il n'osa se construire un igloo de crainte d'être repéré. Il ne pouvait non plus dormir à la belle étoile, car il risquait de mourir gelé. Après un court repos et malgré l'obscurité, il continua sa route et, pour éviter de tracer une piste, il marcha sur des surfaces de neige si dure que ses pieds n'y laissaient aucune empreinte.

Épuisé, affamé, rempli de crainte, Kungo poursuivit lentement sa marche vers le nord. Avant de faire halte pour sa deuxième nuit, il tailla des blocs dans la neige durcie et se bâtit un abri à peine plus grand qu'une niche à chien. Il fit de même pour les nuits suivantes mais le froid était si vif qu'il n'arrivait pas à dormir. Cependant, ces petites huttes le protégeaient des grands vents soufflant de la mer et il échappa ainsi à une mort certaine.

Il avait perdu la notion du temps, ne sachant plus combien de jours il avait passés à trébucher dans la bise glaciale, et sa blessure à la cheville lui faisait horriblement mal.

chapitre IV

Un soir, un chasseur appelé Inukpuk rentrait chez lui après avoir poursuivi un phoque sur les plateaux flottants. Il découvrit Kungo qui chancelait, à demi gelé, parmi les monticules de glace en bordure de la mer. Il installa le jeune garçon sur son traîneau, l'enveloppa d'une peau de caribou et le serra contre lui pour l'empêcher de trembler. Puis, il l'amena au campement, où sa femme le fit coucher au centre du grand lit après lui avoir donné de la soupe au sang chaud et des morceaux de viande de phoque. Elle en prit soin comme s'il eût été son propre fils et le soigna jusqu'à ce qu'il eût retrouvé ses forces.

Il demeura avec Inukpuk et sa femme durant deux longues années. Des jeunes gens l'emmenèrent à la pêche et à la recherche d'œufs d'oiseaux; il partagea leurs jeux et apprécia leur camaraderie. Kungo ne parla jamais du sort qu'avaient connu ses parents et sa petite sœur, et encore moins de la tribu des Petits-Arbres, mais il ne cessait de ruminer des idées sombres, et un désir de vengeance couvait dans son cœur.

À l'automne de la seconde année, alors qu'une neige épaisse recouvrait le pays, un chasseur et son fils arrivèrent de leur camp situé très loin au nord. Ce chasseur avait visité une île lointaine et difficile d'accès; on ne pouvait l'atteindre, en traîneau, que durant les deux lunes de la mi-hiver.

Là vivait un vieillard, étrange et mystérieux, qui connaissait bien les mœurs des hommes et des animaux; sa vue semblait affaiblie et son corps paraissait fragile mais il pouvait tendre un arc énorme, comme nul homme fort n'eût pu le faire, et lancer une flèche au cœur de la cible quelle qu'en fût la distance. Sa femme cousait de fils de tendons les peaux à recouvrir les kayaks, et ses points étaient si minuscules qu'ils devenaient invisibles et que le moindre filet d'air ne pouvait s'y infiltrer. Le seul chagrin du couple, dit le chasseur, venait du fait qu'il n'avait pas d'enfants. En outre, le vieil homme savait qu'il deviendrait bientôt aveugle.

De toute la nuit, Kungo ne cessa de penser à ce qu'il avait entendu et, à son réveil, il dit à Inukpuk et à sa femme :

— Je vous suis infiniment reconnaissant. Vous m'avez sauvé la vie, traité comme votre propre fils et témoigné beaucoup de bonté. Mais je souhaite voyager avec ce chasseur et son fils, s'ils acceptent de me prendre avec eux. Je désire voir le vieil homme sur son île et causer avec lui.

Inukpuk répondit qu'il serait heureux de garder Kungo chez lui et de le considérer comme un membre de sa famille. Mais le jeune garçon le remercia de nouveau et redit son désir d'aller plus loin vers le nord.

Le chasseur de phoques accepta d'emmener Kungo et, dès le petit jour, par un matin d'hiver, alors que le traîneau pouvait glisser à vive allure sur la neige durcie, ils partirent. La femme d'Inukpuk avait confectionné de nouvelles bottes et des moufles de fourrure pour son protégé. Inukpuk lui donna deux phoques: l'un pour nourrir les chiens durant le voyage et l'autre pour l'offrir en cadeau aux gens qui allaient l'accueillir.

Chapitre V

Le chasseur et ses jeunes compagnons voyagèrent durant cinq jours en empruntant une région désertique qui longeait le littoral. Ils ne virent qu'une piste de renards et des corbeaux qui croassaient bruyamment en se pourchassant dans le ciel arctique.

Au soir du cinquième jour, Kungo aperçut la lueur des lampes qui brillait aux fenêtres des igloos du campement. Heureux de retrouver leur chez-soi, les chiens accélèrent leur course. Les habitants sortirent des huttes pour accueillir les voyageurs et ils témoignèrent beaucoup d'amitié à Kungo.

Des vents furieux soufflaient en rafales et la neige s'accumulait au flanc des collines. Kungo attendit patiemment la lune de la mi-hiver. Il savait qu'à cette époque de froid intense une épaisse couche de glace recouvre la mer, et le soleil éclaire à peine les vallées.

— Je comprends ton désir de te rendre à l'île du vieil homme, c'est très important pour toi, dit le chasseur. Je ferai ce voyage avec toi.

Ce projet inquiéta fort sa femme. Elle connaissait le danger que présentait la traversée de la terre ferme à l'île. Les courants impétueux de la mer risquaient de briser le pont de glace qui les reliait. En le voyant préparer le périlleux voyage, elle supplia son mari de ne pas emmener leur fils; elle ne voulait pas qu'ils fussent tous deux exposés au danger, et il accepta.

Kungo aida le chasseur à glacer le traîneau le plus léger et le plus rapide du campement. Il s'emplit la bouche d'eau, la cracha sur les patins puis les polit à l'aide d'un carré de peau d'ours pour les rendre glissants et brillants.

Les voisins prêtèrent aux voyageurs leurs chiens les plus forts et les mieux entraînés. Deux épaisses peaux de fourrure pour s'y envelopper, la nuit, la viande d'un phoque pour assurer leur nourriture, un harpon et un couteau à neige furent placés dans le traîneau.

Kungo et son compagnon entreprirent leur long voyage vers le nord en suivant le littoral. Ils durent passer trois nuits à dormir côte à côte dans leur traîneau. Puis, ils bifurquèrent et s'engagèrent sur la mer glacée. Kungo se rendit compte alors des mille dangers qu'ils couraient.

L'île rocheuse et désertique, enveloppée de tourbillons de neige, était à peine visible. De grands trous noirs ponctuaient çà et là la glace recouverte de neige poudreuse. Le chasseur dut, à maintes reprises, quitter ses chiens pour aller sonder, à l'aide de son harpon, l'épaisseur de la glace qui se brisait sous les assauts de la marée.

Kungo aperçut enfin le pont de glace qui reliait la côte aux falaises de l'île. Les deux hommes s'y engagèrent, mais, à la tombée du soir, le vent soufflait si fort qu'ils firent une halte. Comme il n'y avait pas suffisamment de neige pour construire un igloo, ils retournèrent le traîneau sur le côté afin de se protéger des rafales, et s'enveloppèrent des peaux de fourrure. Blottis dans cet

abri de fortune, les chiens pelotonnés près d'eux, ils attendirent le lever du jour. Kungo tremblait de tous ses membres; l'oreille tendue, il écoutait le craquement de la glace qui risquait de se fendre. Allaient-ils être précipités dans l'eau glaciale et s'y noyer?

Au matin, comme par magie, le vent s'était tu et la neige ne tourbillonnait plus. Le chasseur scruta le paysage: l'île de Tugjak, haute et rocheuse, était le sommet d'une montagne qui saillait hors de la mer. Les rochers, aux surfaces lisses et balayées par les vents déchaînés, semblaient inaccessibles; cependant, une paroi, lézardée d'une crevasse étroite, offrait un passage difficile. L'île était ceinturée d'une corniche où s'accumulaient des monceaux de glace qui se déplaçaient au gré du courant.

Le chasseur dirigea ses chiens le long de la corniche jusqu'à la crevasse dont l'ouverture lui parut aussi étroite que le chas d'une aiguille. Suivi de son jeune compagnon, il grimpa une pente si raide qu'il fallut aider les bêtes à s'y agripper.

Ils atteignirent enfin le sommet de la falaise et découvrirent un passage menant à un plateau entouré de murs de granit, de couleur rouille, qui s'élevaient à une hauteur vertigineuse. À leur base, ces murs étaient percés d'ouvertures qui donnaient accès à des cavernes et, plus haut, des trous pratiqués dans leur surface unie ressemblaient vaguement à des fenêtres.

Kungo suivit le chasseur qui avançait sur le plateau vers une petite maison à demi enfouie dans le sol et dont les murs de pierre ne lui atteignaient pas les épaules. Une armature, faite de côtes de baleine, supportait la toiture recouverte de peaux de

phoque et les énormes mâchoires d'un mammifère marin ornaient chaque côté de la porte.

Au moment où, hésitants, ils allaient plonger un regard dans l'étonnante ouverture, un nain écarta la peau de phoque qui tenait lieu de rideau, et leur fit signe d'entrer. Un singulier personnage que ce bonhomme aux épaules et aux bras musclés, au dos courbé. Il secoua sa longue chevelure nattée et sourit timidement aux étrangers.

Kungo dut se plier en deux pour pénétrer dans la maisonnette. Il y faisait très sombre et il mit un long moment à s'habituer à l'obscurité. Une vieille femme était assise près d'une lampe en forme de demi-lune; elle en rectifia la mèche et une flamme blanche éclaira la pièce. La vieille femme sourit puis, d'un signe de tête, invita les visiteurs à s'asseoir près d'elle sur le lit.

Kungo observa avec attention le visage brun et sillonné de rides, les traits plats, la mâchoire fortement musclée, les pommettes hautes; elle avait de beaux yeux sombres qui eurent une expression de chaleur en se posant sur Kungo. On sentait qu'une force vive se cachait à l'intérieur de cet être fragile. Son sourire révélait des dents éclatantes, fortes d'avoir mâché tant et tant de peaux de phoque. Pas le moindre fil blanc ne striait sa chevelure noire divisée en deux tresses enroulées autour de ses oreilles. On pouvait encore voir, sur ses poignets, de délicats tatouages bleus imprimés au temps de son enfance. Ses mains étaient larges ; le pouce et l'index droits étaient recourbés à force d'avoir passé l'aiguille d'os à travers d'épaisses fourrures.

« Ce petit corps renferme une vigueur insoupçonnée », pensa Kungo.

Il sursauta. Il n'avait pas remarqué un vieil Esquimau agenouillé sur le lit et immobile comme une pierre sculptée. La lueur de la lampe l'éclairait à peine et il semblait enveloppé d'ombres.

— Mon mari a voyagé dans la tempête, dit la vieille femme, et il doit se reposer. Il va se réveiller bientôt. Vous aussi devez être fatigués et affamés après ce long périple.

Elle fit signe au nain qui apporta un bol rempli de glace fondue, un beau cuissot de jeune morse et des morceaux de truite séchée. Kungo et son compagnon mangèrent avec avidité. Puis la vieille femme monta la mèche de la lampe et la maisonnette s'anima d'une lumière douce.

Kungo s'essuya la bouche et les mains avec la peau d'un oiseau arctique. Il jeta un nouveau coup d'œil au vieil homme toujours figé dans la même attitude. Puis le visage ridé s'anima, les mains aux tons d'ivoire bougèrent et la lumière joua dans la chevelure et sur la barbe blanche. Ses paupières battirent, ses yeux verts et profonds qui évoquaient les trous de glace se fixèrent sur le jeune garçon.

— Vous êtes arrivés, dit-il d'une voix de baryton.

— Oui, nous sommes arrivés, répondit Kungo sur un ton cérémonieux, car il craignait et respectait le vieil homme.

— Vous avez fait un très long voyage, et le moment est venu de vous reposer. Je vais réfléchir et décider de ce que vous devrez faire. Dormez, mes amis, dormez.

Le chasseur et Kungo s'allongèrent sur les peaux de caribou, appréciant la sécurité et la chaleur de la vieille maison de

pierre. Avant de glisser dans le sommeil, Kungo regarda longuement les côtes énormes qui s'incurvaient sous le plafond et il s'imagina qu'il habitait le corps d'une baleine plongeant dans les profondeurs de la mer.

À son réveil, les lueurs de l'aurore filtraient à travers la fenêtre percée au-dessus de la porte et tendue d'intestins de phoque que la vieille femme avait étirés et assemblés. Kungo se leva prestement et se rendit compte que son compagnon n'était plus dans la maison.

— Il est parti très tôt, dit la vieille femme, car il voulait profiter du beau temps et du vent léger pour traverser le pont de glace. Il m'a priée de te faire ses adieux. Mon mari, Ittok, est sorti aussi ; il a toujours aimé admirer le lever du jour.

Kungo sortit et respira à longs traits l'air vif du matin. Le lieu était désert, pas âme qui vive. Soudain, il aperçut des ombres qui bougeaient à l'entrée d'une caverne puis il vit le vieil homme avancer lentement dans la lumière du jour. S'appuyant pesamment sur le nain, son bras entourant les épaules voûtées de son compagnon, le vieillard tenait, de sa main libre, un arc de très grande dimension.

— Tu es venu pour apprendre et je suis là pour t'enseigner, dit-il à Kungo. Ceci, ajouta-t-il de sa voix profonde, en élevant l'arc à bout de bras, est Kigavik, le faucon noir, le plus puissant de tous les arcs.

Il piqua la tête de l'arc dans le sol gelé et, d'un mouvement rapide, il courba l'arme et plaça la corde dans l'encoche taillée à l'autre extrémité. Kungo n'avait jamais vu un arc d'une telle dimension et d'une telle force. Sa hampe, découpée dans la corne d'un bœuf musqué de la région que les Esquimaux appellent « la Terre derrière le soleil », avait été polie longuement et elle brillait comme un joyau. De fins tendons de caribou en reliaient les parties. De forme exquise, elle ressemblait à un faucon qui a déployé ses ailes pour plonger.

Ittok tendit l'arc à Kungo qui le tint comme on tient un trésor précieux. Il prit

la corde entre ses doigts ; elle vibra et chanta comme un vent léger dans les feuilles.

— Maintenant, bande l'arc, dit le vieil homme.

Kungo tendit ses muscles et essaya de tirer, mais la corde ne bougea pas.

— Bande l'arc, répéta Ittok.

Kungo fit un nouvel effort, mais en vain.

— Bande l'arc ! commanda le vieil homme d'une voix autoritaire.

Kungo respira profondément puis il tira de toutes ses forces et parvint à donner à l'arme une courbe de demi-lune.

— Regarde, regarde bien ! cria le vieillard au nain. Tu peux casser des cailloux avec tes dents, tu peux briser le dos d'un ours avec tes bras mais tu ne peux bander cet arc. Et pourtant, ce jeune garçon y est parvenu. Il a fait chanter le faucon ! Dès demain, je lui donnerai des leçons, et il deviendra un bon archer, un grand archer.

Kungo et le nain aidèrent Ittok à regagner la maison. Ils débandèrent l'arc et l'enveloppèrent dans des peaux souples. Les mains du jeune garçon tremblaient, et un souvenir atroce l'assaillit. « Vengeance !

Vengeance! Avec un arc de ce calibre, je vengerai ma famille!» Cette pensée l'envahit avec la force d'un vent puissant.

Ce soir-là, ils prirent des os de caribou et en retirèrent la moelle délicieuse qu'ils dégustèrent avec la chair de jeunes oiseaux arctiques conservés dans l'huile de phoque. Une fois le festin terminé, le vieillard se glissa dans les peaux de caribou de son lit et s'endormit. Le nain quitta la maison et se rendit à la caverne où il passait ses nuits.

La vieille femme, penchée près de la lampe, confectionnait des bottes de peau de phoque. Fasciné, Kungo l'observait: ses points étaient si fins qu'ils devenaient invisibles. Elle l'interrogea sur sa mère, et il lui fit le récit de sa vie. Il n'avait jamais révélé ses pensées à qui que ce fût, ni relaté la nuit où les Indiens étaient venus saccager le campement, la nuit terrible qui avait changé le cours de son existence. Il parla de son amour pour ses parents, pour sa sœur, Shulu. La vieille femme lui inspirait une telle confiance qu'il lui fit part de ses joies, de ses haines et de ses espoirs. Il lui sembla qu'elle faisait partie intégrante de la nature, qu'elle était douce comme la toundra où il s'allongeait parfois, dans le soleil d'été, pour admirer le ciel bleu et écouter la chanson du vent.

Quand il eut tout raconté, il se sentit allégé de ses soucis et s'endormit profondément.

La vieille femme se leva, étendit une peau de caribou sur son mari et une autre sur le garçon endormi. Puis elle se remit à coudre.

Au cours de la dernière lune de l'hiver, le nain Telikjuak, dont le nom signifie « celui qui a de longs bras », parcourut l'île avec Kungo. Il le fit pénétrer dans les nombreux passages à l'intérieur des falaises qui entouraient la maison d'Ittok et la caverne exiguë, glaciale et vide où il dormait. Le nain ne possédait qu'une longue peau d'ours blanc qu'il étendait sur la corniche lui servant de lit. Il montra à Kungo les ouvertures situées à l'arrière des cavernes : l'une ouvrait sur un lac étroit et profond où l'on puisait l'eau fraîche, et l'autre sur un enclos où les chiens étaient gardés. Au-delà du rocher, l'île de

Tugjak s'étendait vers le nord. Kungo et Telikjuak y firent souvent des promenades en longeant les falaises. Ils exploraient la mer gelée, à la recherche de morses ou de baleines qui venaient respirer dans les grands trous d'eau.

Dès le jour de son arrivée, Kungo aida Telikjuak à prendre soin des dix chiens d'Ittok. Le nain lui apprit comment les dresser sans les craindre. Il lui recommanda de respecter Lao, la chienne blanche, qui prenait la tête de l'attelage et qui répondait rapidement aux ordres du conducteur. Elle ne pouvait se battre comme les chiens mâles, mais ceux-ci la protégeaient. Lorsque Kungo s'approchait de Lao, pour la nourrir, elle frottait son museau contre ses jambes et lui léchait les mains.

Un soir d'hiver, alors qu'un froid intense sévissait et que la lune, ronde et blanche comme l'ivoire, brillait dans le ciel, Kungo entendit le hurlement d'un loup qui semblait parvenir de l'extrémité de l'île. Le cri lugubre se répéta et la chienne, Lao, lui répondit par un gémissement prolongé.

Kungo courut à l'enclos où les chiens dormaient, mais Lao n'y était plus. Il la vit qui courait à une allure folle vers le bout de l'île. Il se retourna et aperçut Telikjuak, debout à ses côtés.

— Ce loup va tuer ta petite Lao, dit-il.

Mais il se trompait. Le matin suivant, Kungo la retrouva parmi les autres bêtes de l'attelage. Elle paraissait fatiguée, mais contente. Lorsque le printemps arriva, Lao grossit et Kungo lui construisit une hutte de neige.

Un matin, il l'aperçut qui montrait les dents aux autres chiens et qui grognait. Entrant dans la hutte, il découvrit six chiots, blancs comme neige, qui venaient de naître. Il en prit un dans ses bras et l'examina : ses oreilles étaient plus grandes et son museau plus long que ceux des chiens de pure race esquimaude. Ses pattes minces et hautes, ses pieds largement évasés allaient lui permettre de courir rapidement sur la neige. Ce n'était pas un chiot ordinaire que cette petite bête, moitié loup, moitié chien.

Kungo courut à la maison pour apprendre la nouvelle à Ittok et à la vieille femme.

Enchanté, le vieillard dit en riant :

— Si tu réussis à élever ces enfants de loup, ils t'appartiendront. Les loups sont moins forts que les chiens, mais plus rapides ; ils sont infatigables et n'ont besoin que de peu de nourriture.

Le nain entra et étendit une grande peau de phoque sur la plate-forme qui servait de lit, puis y plaça des côtes de caribou et une pile de tendons très forts qu'il avait retirés du dos d'un autre caribou. À côté, il déposa plusieurs couteaux à lame courte, une pierre à aiguiser et deux os dont l'un servait à redresser les flèches et l'autre à courber les arcs.

Le vieil homme et Kungo commencèrent un long travail. Avec beaucoup de soin, ils façonnèrent les os flexibles dont les morceaux s'imbriquèrent les uns dans les autres afin de former un arc à la courbe délicate.

Assise près de sa lampe, la vieille femme les observait. Elle prit un peigne de corne et, d'une main experte, sépara des tendons qu'elle tourna entre ses doigts et qu'elle tressa en un mince fil. Puis elle natta le fil et en fit de longues cordes, étroites comme des brins d'herbe mais pouvant supporter le poids d'un homme. Elle les humecta avec de la neige fondue et les tendit à son mari qui s'en servit pour lier les pièces de l'arc. Ittok promena ses doigts sur les cordes jusqu'à ce qu'elles fussent parfaitement ajustées. En séchant, elles se resserrèrent sur l'arc, comme les serres d'un faucon, et donnèrent à l'arme la puissance d'un ressort.

Avec le tendon central, prélevé du dos d'un caribou, l'épouse d'Ittok fit des fils très forts qu'elle natta pour former la corde de l'arc.

— Maintenant, dit le vieil homme, l'arc a une belle courbe, sa corde est bien accrochée à l'encoche et nous possédons une arme forte et souple.

— On dirait un jeune faucon, dit Kungo émerveillé.

D'un doigt, il caressa l'arc, plus léger que Kigavik mais d'une perfection égale. Et il souhaita de tout son cœur pouvoir, le plus tôt possible, s'en servir avec adresse.

Quelques jours plus tard, Ittok montra à Kungo comment fabriquer des flèches. Il prit des os de caribou, les fendit, les façonna et les lia. Chaque flèche fut fendue à son extrémité et le vieil homme introduisit, dans chaque fente, une pointe faite d'un morceau d'ardoise finement taillé. Puis, il prit des plumes de faucon et les attacha à la pointe des flèches pour les guider dans leur trajectoire.

Chaque phase de l'opération avait été expliquée à Kungo qui savait maintenant comment fabriquer un arc et des flèches.

La vieille femme remit au jeune garçon un beau carquois taillé dans une peau de phoque et comportant deux compartiments : l'un pour l'arc et l'autre pour les flèches.

Le long printemps arctique s'estompait à mesure que le soleil d'été réchauffait l'île. Partout la mousse légère de la toundra se substitua à la neige et de minuscules fleurs ponctuèrent le sol d'étoiles multicolores. Les oiseaux rentrèrent des pays du sud et remplirent l'air de leurs chants. Quelle joie que d'entendre leur gazouillis après le long silence de l'hiver! On les vit sautiller en cherchant de la mousse séchée pour leurs nids. On eût dit que la terre entière renaissait. Le soleil ne quitta plus le firmament.

— Prépare une cible, mon garçon, dit

un jour le vieil homme. Il est temps que tu apprennes à te servir du nouvel arc.

Dans un élan d'enthousiasme, Kungo courut à une falaise dont la face nord, à l'abri du soleil, était encore enneigée. Hâtivement, il construisit deux cibles : l'une représentant un ours et l'autre un homme.

Le vieil homme et le nain l'attendaient à la maison.

— Considères-tu tous les ours blancs comme tes ennemis ? demanda Ittok.

Kungo réfléchit et répondit :

— Non. Mais j'espère qu'un jour l'un d'eux paraîtra devant moi.

— Alors, ne lance pas tes flèches sur cette cible, sinon tous les ours blancs en seront offensés. Et les hommes, Kungo, tu les détestes tous ?

— Non, répondit le garçon vivement. Je cherche onze archers indiens. Ceux-là, je ne les épargnerai pas. Je les tuerai.

— Écoute-moi bien, Kungo. Ne donne pas aux hommes des raisons de te craindre. Tu ressemblerais à un chien devenu fou qui ne veut que mordre et tuer.

Ittok fit un geste de la main et Telikjuak

arriva en clopinant. Le nain tailla deux blocs de neige, les posa l'un sur l'autre, et plaça sur la partie supérieure un morceau de mousse sombre à peine plus grand qu'une main d'homme.

Le vieil homme prit l'arc, demeura un long moment immobile, plongé dans une réflexion profonde. Puis, jetant à peine un coup d'œil à la cible, il visa, fit le geste de tirer la corde et de la relâcher. Mais il n'avait pas mis de flèche à l'arc.

— J'ai manqué la cible, dit-il à Telikjuak. Décidément, je suis rouillé...

Il répéta l'étrange opération. Mais, cette fois, tenant encore l'arc sans flèche, il dit qu'il avait atteint son but...

— À toi, maintenant, Kungo.

Kungo leva l'arc, visa, tira la corde et la relâcha.

Ittok vint tout près de lui et dit :

— Tu dois apprendre à diriger tes flèches par la pensée. C'est seulement à force de concentration que tu deviendras un bon tireur à l'arc. Imagine-toi que tu as une flèche à ton arc ; vise et tire comme si seuls tes yeux et ta pensée devaient la guider.

Kungo se concentra et, pendant des heures, s'appliqua à tirer à l'arc sans flèche.

— Exerce-toi chaque jour, commanda Ittok. Exerce-toi jusqu'à ce que ton cerveau soit fatigué, que tes doigts saignent sur la corde de l'arc. À la fin de l'été, je te donnerai des flèches.

L'image hallucinante qui hantait les nuits de Kungo, et qui l'empêchait de dormir, traversa de nouveau son esprit. Il revit l'igloo de son père réduit à un amas de neige, et sa sœur qu'on emmenait de force. Il porta les mains à sa gorge pour ne pas hurler de colère. «Je ferai tout ce que mon vieil ami m'enseignera. Je deviendrai un archer habile.»

Durant le court été, il s'exerça à longueur de journée. Parfois, il apercevait Ittok et le nain qui l'observaient et qui ne disaient mot.

Un matin, à son réveil, il vit qu'une neige légère recouvrait la toundra et qu'une glace fine brillait sur les étangs. Il sortit, son arc sous le bras. Le vieil homme lui tendit une seule flèche dont la pointe était ornée de plumes noires. Fou de joie, Kungo fixa la flèche à l'arc et visa le morceau de cuir qui tenait lieu de cible; elle fila loin du but et piqua du nez dans la mousse.

— Va vite la chercher, commanda Ittok, et pense à ce que tu fais. Que ton œil te serve de guide et que ta pensée dirige ton arc au cœur de la cible.

Kungo reprit l'arc et la tint jusqu'à ce qu'il eût l'impression que la flèche faisait partie de sa chair, puis il la libéra et elle fila, dans la ligne de sa vision, jusqu'au centre de la cible.

— Bien! s'exclama le vieil homme. Exerce-toi avec cette flèche jusqu'à la lune de la mi-hiver et je t'emmènerai à la chasse.

Telikjuak sourit en signe d'approbation et se dirigea, avec son maître, vers la maison.

Devant les grands murs de pierre, Kungo se fit le serment de devenir un archer imbattable, car il était le seul à pouvoir venger le tort causé à sa famille. Se concentrant de toutes ses forces, il visa de nouveau, et la flèche, une fois encore, atteignit le but.

L'hiver vint et le ciel demeura sombre jusqu'au milieu du jour. Des vents furieux soufflèrent de la mer et emprisonnèrent l'île

dans un réseau de glaces. Un nouveau pont se forma entre la terre ferme et l'île. La vieille femme cousait les vêtements d'hiver, et Telikjuak préparait le traîneau et les harnais des chiens, en prévision d'un long voyage.

Ils décidèrent de laisser Lao sur l'île pour qu'elle s'occupât de ses petits chiens-loups. Elle leur apprendrait à creuser sous la neige pour découvrir des lemmings, ces rongeurs courts et trapus qui habitent les régions arctiques, et à attraper des lièvres et des perdrix.

Par un matin clair, Telikjuak chargea le traîneau que les chiens tirèrent jusqu'à la surface glacée de la mer. Kungo et la vieille femme aidèrent Ittok à traverser le couloir qui y menait. L'agilité du vieil homme étonna Kungo : malgré la faiblesse de ses yeux et de ses jambes, il dirigeait l'attelage avec une grande habileté. Il sembla au jeune garçon que toute la force d'Ittok s'était réfugiée dans ses bras. Il se balançait et déplaçait son poids lorsque le traîneau s'engageait sur des surfaces raboteuses. De sa voix grave, il commandait au chien de devant et la bête obéissait sur-le-champ. Kungo et le nain descendaient du traîneau et couraient de chaque côté pour le guider dans les passages difficiles.

Le premier soir, ils dormirent à l'extrémité du pont de glace, près de la terre ferme où la neige s'était amoncelée. Aidé de Kungo, le nain construisit un nouvel igloo. La vieille femme étendit des peaux de phoque sur un banc de neige qui allait servir de lit; elle tira une étincelle de la boîte d'amadou qu'elle apportait toujours en voyage, et alluma la mèche de sa lampe de pierre. Elle eut un rire joyeux en admirant sa nouvelle maison dont les murs brillaient comme des diamants.

Après avoir nourri les chiens, les hommes pénétrèrent dans la hutte et fermèrent l'entrée d'une épaisse porte de neige, puis ils mangèrent de délicieux morceaux de phoque avant de s'abandonner au sommeil.

Le lendemain, ils gagnèrent la terre ferme et se remirent en marche en suivant le cours d'une rivière qui serpentait entre des collines. Le vent soufflait avec violence et, pour leur deuxième nuit, ils bâtirent leur igloo à l'abri d'un rocher, au bord de l'eau.

La neige, fouettée par des rafales, tourbillonnait et aveuglait hommes et chiens. Les voyageurs durent s'enfermer dans l'igloo

durant trois jours, jusqu'à ce que la tempête prît fin.

Par un temps calme et dans un paysage d'un blanc immaculé, ils repartirent. Les chiens, protégés par leur épaisse robe de fourrure, avaient dormi profondément, enfouis dans la neige, la queue enroulée autour du museau afin de pouvoir respirer. Ils frétillaient d'impatience.

Ils voyagèrent pendant cinq jours dans la plaine unie et dont la ligne d'horizon se confondait avec le ciel. De temps à autre, le vieil homme demandait à Kungo de poser quelques pierres sur le sol car le vent balayait toute trace de leur passage. Ces points de repère allaient les aider à retrouver le chemin du retour.

Un matin, heureux d'avoir découvert des pistes fraîches de caribous, ils firent une halte et se construisirent une hutte plus grande que les précédentes et comportant une véranda. Un morceau de glace limpide leur servit de fenêtre, et un long tunnel d'entrée les protégea du vent. Ils projetèrent d'y rester quelque temps.

La vieille femme s'empressa d'organiser

l'intérieur de la nouvelle maison. Elle secoua les couvertures enneigées, les fit sécher et les étendit sur le banc-lit. Kungo l'entendit fredonner une ancienne chanson pendant qu'elle allumait la lampe:

> Ayii, ayii,
> Tout comme un esprit,
> Je descends joyeusement
> La route de la rivière
> Qui mène à la mer.
> Ayii, ayii.

Ce soir-là, ils causèrent longuement, allongés sur des fourrures. C'était le moment que Kungo préférait entre tous car il lui permettait de donner son avis, d'écouter et d'apprendre.

— Être chasseur comporte bien des choses, dit le vieil homme, et il ne suffit pas d'être un habile archer. Il faut d'abord savoir où repérer les animaux et, une fois que tu les as trouvés, tu dois les suivre furtivement dans la plaine ou sur les glaces flottantes de la mer. Un homme ne tue pas simplement parce qu'il est un excellent chasseur.

Il réussira sa chasse s'il est bon, sage, et s'il obéit aux lois de la vie. Les animaux et les poissons ne se donnent pas à celui qui est cruel et stupide.

— Demain, si le temps est beau, poursuivit Ittok, tu iras chasser avec Telikjuak. Ses jambes sont lentes mais son esprit est vif. N'apporte ni arc ni javelot. Telikjuak n'a nul besoin de ces armes, car il est né chez les chasseurs de caribous et il connaît plusieurs moyens de traquer les bêtes dans la plaine.

Le matin venu, le nain et Kungo mirent leurs vêtements les plus chauds. Un vent léger soufflait de l'ouest et il faisait froid à pierre fendre. Kungo tendit timidement à son compagnon une paire de lunettes à fentes étroites qu'il avait taillées dans du bois, au cours de la longue halte.

— Merci, dit Telikjuak. Mes yeux seront protégés de la blancheur éblouissante qui rend parfois aveugle.

Il enroula deux peaux étroitement et les attacha en travers de son dos, puis il montra à Kungo comment placer son long couteau à l'intérieur de sa botte.

Après avoir marché quelque temps, ils parvinrent à une élévation du sol. En clopinant très vite, le nain poussa Kungo vers le sommet. Il prit les deux mains habillées de moufles de son compagnon, les plaça l'une sur l'autre pour en faire un appui et, d'un mouvement léger, y mit un pied et grimpa sur ses épaules. De cette hauteur, ses yeux de faucon fouillèrent longuement la campagne. Puis il sauta sur le sol.

Kungo scruta les environs.

— Je ne vois rien, dit-il.

— Viens avec moi, fit Telikjuak. Au-delà de la rivière, il y a autant de caribous que j'ai de doigts et d'orteils. On a du mal à les voir lorsqu'ils sont couchés ; leur haleine chaude produit un givre et leur dos est blanc comme de la neige.

Ils traversèrent la plaine dans toute sa largeur.

— Est-ce que nous nous approchons des caribous? murmura Kungo.

— Non. Nous nous en éloignons mais nous sommes contre le vent et ils ne peuvent sentir notre présence. Assieds-toi et prends quelques instants de repos.

Telikjuak déroula les peaux qu'il portait sur son dos et tous deux s'en recouvrirent les épaules.

— Regarde, dit le nain. Ils se dirigent maintenant vers la partie de la toundra où le vent a balayé la neige. Ils vont sans doute y chercher de la nourriture.

Kungo vit enfin les caribous: une vingtaine, pâles comme des fantômes et dont le pelage se confondait avec la blancheur du ciel et du sol.

Telikjuak se leva lentement et, se penchant sur les peaux, il souffla dans les longs poils jusqu'à ce qu'un givre s'y formât; elles prirent un ton argenté qui les rendait semblables aux caribous et difficiles à repérer. Puis, il tira une peau sur ses épaules, laissant pendre les pattes de devant sur ses bras et les pattes de derrière sur ses pieds. La tête de la bête, bien posée sur son front, et ses oreilles grandes ouvertes le firent ressembler à un caribou.

— Fais comme moi, dit-il.

Et il avança, courbé en deux dans la direction du vent, comme un caribou à la recherche de nourriture.

Kungo imita tous les mouvements du nain et il fut tout étonné de se retrouver à quelques mètres des bêtes. Telikjuak l'entraîna au milieu du troupeau, où leur présence passa tout à fait inaperçue. Un caribou mâle leva sa tête garnie de bois énormes et grogna ; sans doute avait-il décelé une odeur insolite. Kungo sentit ses membres se contracter et il retint son souffle, mais le nain continua son manège et il avança, tête baissée, en imitant les bêtes en quête de pâture. Telikjuak jeta un coup d'œil furtif à son compagnon et lui sourit : le mâle broutait à ses côtés.

Le moment de prendre une décision était venu. Lentement, très lentement, Kungo se pencha et retira le long couteau dissimulé dans le revers de sa botte puis, d'un geste rapide et puissant, il enfonça la lame dans la poitrine de l'animal. Le caribou fit un grand bond, tituba sur une courte distance, et s'écrasa sur ses pattes repliées. Il poussa un soupir. L'esprit qui l'habitait venait de le quitter. Il était mort. Les autres bêtes le regardèrent et, croyant qu'il se reposait, continuèrent à paître.

Le nain allait et venait parmi le troupeau dont il imitait les mouvements à la perfection. Il ne semblait pas se rendre compte que Kungo venait de tuer un caribou. Intrigué, le jeune garçon observa son compagnon.

« Comment va-t-il agir maintenant, se demanda-t-il, et que dois-je faire moi-même ? »

Soudain, Telikjuak rejeta la dépouille de caribou dont il s'était affublé et se tint debout au milieu du troupeau. Les panaches se redressèrent et les bêtes, voyant l'intrus pour la première fois, poussèrent des grognements et se dispersèrent, en bondissant, dans toutes les directions. Leurs sabots évasés les portèrent à vive allure sur la surface enneigée. Puis, ils se regroupèrent de

nouveau, obéissant à l'instinct du troupeau, et disparurent en laissant derrière eux un nuage de cristaux de neige. Il n'y eut plus que deux caribous immobiles devant les chasseurs et celui que Kungo avait abattu.

— Marche derrière celui-ci, commanda le nain, et dirige-toi vers notre igloo. Nous reviendrons demain avec les chiens et le traîneau pour récupérer celui que tu as tué.

Médusés, les deux caribous avancèrent lentement. Le nain les avait poignardés si rapidement que Kungo n'avait pas vu son geste. La lame du couteau avait été enfoncée dans un endroit très précis derrière le poitrail des bêtes, qui, bien que mortellement atteintes, pouvaient encore marcher. C'est ainsi que les deux chasseurs purent facilement les guider vers l'igloo. L'un des caribous tomba à quelques mètres de la hutte et l'autre s'affaissa sur le seuil.

— Voilà comment on traque une bête et comment on la tue, fit le vieil homme qui avait surveillé l'arrivée de Telikjuak et de Kungo.

Prenant appui sur son arc énorme, il se tenait très droit et ses yeux brillèrent d'orgueil en voyant son jeune protégé se comporter comme un homme.

Il appela sa femme afin qu'elle les aidât à dépouiller les caribous et, d'un commandement bref, chassa les chiens.

Le lendemain, Kungo prit le traîneau et retourna à la plaine pour en rapporter le caribou mort, mais, durant la nuit, un loup affamé l'avait en partie dévoré et le garçon ne ramena guère que la moitié de la dépouille.

À mesure que les jours s'écoulaient, l'air devenait plus chaud et l'on pouvait entendre, dès la naissance du matin, les cris aigus que les perdrix des neiges poussaient pour appeler leurs compagnes. De grandes parcelles de la toundra apparaissaient sous la neige. Le vieil Ittok s'occupait à sculpter, dans les bois d'une bête, l'image d'un caribou. Il mit beaucoup de soin à frotter et à polir sa statuette, convaincu qu'elle plairait aux caribous et que ceux-ci se donneraient volontiers aux chasseurs.

Animé d'une foi vive en l'esprit de la chasse, le vieil homme s'armait de l'arc appelé Kigavik – le faucon noir – et, s'en servant comme d'une canne, il remontait la rivière à la recherche du gibier.

Un soir, il retint Kungo dans la plaine

avant de rentrer à la hutte. Il lui parla d'un long voyage effectué dans les régions du nord, «la Terre derrière le soleil», au temps de sa jeunesse quand ses yeux lui permettaient de voir à de grandes distances. Renversant la tête, Ittok respira longuement, puis, d'une voix encore puissante, il chanta une chanson qui parlait de bœufs musqués et de la joie qu'il avait ressentie à parcourir les régions éloignées :

> Ayii, ayii, ayii.
> Émerveillé, j'aperçus
> Ces énormes bêtes noires,
> Parfois immobiles, parfois galopantes,
> Qui broutaient les fleurs de la plaine.
> Mon arc et mes flèches dans ma bouche,
> Je rampai, sur mon ventre, jusqu'au
> [troupeau.
> Un caribou se cabra de surprise
> Lorsque ma flèche perça son poitrail.
> Le troupeau se dispersa,
> Et je restai seul à chanter
> Aux côtés de la bête vaincue.
> Ayii, ayii, ayii.

Active comme une abeille, sa femme ne cessait de chantonner en reprenant les vêtements, en faisant sécher les bottes et en grattant les peaux.

— J'ai placé des pierres rondes sur le lac, à une demi-journée de marche d'ici, dit-elle à Kungo. Allons voir si le soleil les a suffisamment chauffées pour qu'elles tombent dans l'eau. Nous aurons ainsi des trous par où pêcher.

Ils traversèrent la plaine. Le printemps de l'Arctique éclatait partout. Ils entendirent la chanson d'un ruisseau qui serpentait sous la neige. Le jeune garçon et la vieille femme se comprenaient si bien qu'ils n'éprouvaient pas le besoin de parler.

Lorsqu'ils parvinrent au lac, ils s'arrêtèrent brusquement, devinant une présence étrange. Puis Kungo vit une bête noire allongée sur la glace de la rive opposée.

— C'est un kasigiak, dit la vieille femme, agréablement surprise. Cette sorte de phoque très rare vit en eau douce et sa peau est magnifique; je pourrais en faire les plus belles bottes du pays. Hâte-toi. Ces bêtes sont très farouches et, si celle-ci te voit, elle plongera dans son trou de glace.

Kungo tira son arc de son étui, et fixa une flèche à la corde. Il fit une pause, regarda le sol et se concentra profondément. Puis, d'un geste à la fois souple et assuré, il banda l'arc : la flèche traversa l'air et se ficha dans le cœur de l'animal qui eut un soubresaut au moment où son âme le quitta.

— Tu étais très éloigné de ce phoque. Je sais maintenant que tu deviendras un habile archer et cela me comble de joie.

Armée de son couteau en forme de demi-lune, elle retira l'épaisse fourrure noire de la bête, découpa une couche de graisse et en recouvrit les quartiers de viande.

— Un jour de printemps, quand j'étais très jeune, je suis venue pêcher ici avec ma grand-mère. Nous y sommes restées six jours. Pourtant, nous n'avions ni nourriture, ni tente, ni couteaux, seulement un hameçon taillé dans un os et une ligne de pêche qu'elle avait cachée dans son capuchon. Le soir venu, nous nous étendions près d'un rocher et dormions à la belle étoile. Ma grand-mère était une femme forte qui connaissait toutes les chansons anciennes. Elle me portait sur son dos quand j'étais trop petite pour parcourir de longues distances, et marchait parfois tout un jour pour attraper un poisson. Allons, Kungo, il est temps de manger car la viande est à l'homme ce que l'huile est à la lampe : elles donnent toutes deux de la force et de la chaleur.

Lorsqu'il fut bien rassasié, Kungo alla s'allonger sur une élévation déjà asséchée par le soleil. Il contempla les étoiles qui brillaient avec plus d'éclat à mesure que le ciel s'assombrissait. La pensée de ses parents revint à son esprit et il se dit, une fois de plus, qu'il ne connaîtrait ni la paix ni la joie tant qu'il ne les aurait pas vengés.

À son réveil, le lendemain, le soleil dispensait sa chaleur sur la toundra encore habillée de neige. Le chant des oiseaux remplissait l'air. La vieille femme était déjà installée près des trous de pêche que ses pierres avaient découpés dans la glace. Trois truites rouges et grasses à ses côtés, elle plongeait résolument sa courte ligne dans l'eau glacée.

Rentrée à l'igloo, elle gratta la graisse qui adhérait encore à la peau du kasigiak puis elle la fit tremper dans de l'urine pour la nettoyer et la décolorer. Elle fit fondre de la neige et, après avoir obtenu une eau claire, lava la peau à plusieurs reprises et la mit à sécher sur un cadre de bois. Après quelques jours, le froid de la nuit et les rayons du soleil qui se réverbéraient sur la neige donnèrent à la peau une blancheur étincelante.

Heureuse de posséder un tel trésor, la vieille femme tailla la peau puis, prenant l'aiguille la plus fine et les tendons les plus forts qu'elle gardait dans une boîte d'ivoire, elle façonna une admirable paire de bottes toutes blanches. Elle ne les donna pas à Kungo, mais les cacha dans sa besace en peau de grèbe.

Le soleil du printemps devint si chaud qu'un matin le toit de l'igloo s'effondra, ce qui arracha un éclat de rire à tous ses habitants. Cela présageait le retour des oies sauvages dans la toundra et des truites dans les rivières. Telikjuak coupa les lanières de peau de phoque qui liaient le traîneau et, se servant des longs patins, monta l'armature d'une nouvelle tente. Il la recouvrit des peaux que la vieille femme venait de coudre. La maison d'été était maintenant prête à les abriter tous.

Pendant les deux lunes de l'été, des millions d'insectes minuscules pullulèrent dans l'air limpide. Les oies arrivèrent en grand nombre pour construire leurs nids et déposer leurs œufs dans le secret des marécages où nul homme n'avait posé les pieds. Kungo et Telikjuak passèrent l'été à chasser et à pêcher.

La toundra devint toute rouge sous le froid d'un automne hâtif. Une mince couche de glace brilla sur les étangs, et les vents portèrent les premières rafales de l'hiver. Les caribous se remirent en route, filant vers le sud et la Terre des Petits-Arbres; leurs bois énormes captaient les traits de lumière, et leur pelage lisse devenait plus laineux pour les protéger contre les intempéries.

Un matin, alors que l'air était vif et que les nuages cachaient le ciel, Kungo regarda par une ouverture de la tente et vit la vieille femme accroupie, immobile comme une statue, au bord de la rivière. Il prit son arc et ses flèches et se hâta vers elle, devinant qu'elle l'attendait. D'un mouvement de tête, elle lui indiqua une harde de caribous qui avançait, à la file indienne, sur la rive opposée. Des centaines de bêtes grattaient le sol de leurs sabots pointus, en quête de nourriture. Les jeunes mâles se menaçaient les uns les autres, dressaient la tête, secouaient leurs bois puis s'écartaient du groupe, gracieux comme des danseurs.

Lentement, afin de ne pas les effrayer, Kungo banda son arc et plaça une flèche sur la corde. Il choisit comme cible un énorme caribou mâle aux flancs gonflés par les riches pâtures de l'été.

— Attends, murmura la vieille femme. Regarde cette belle bête, là-bas. Vise-la.

Il tourna son arc jusqu'à ce que son rayon visuel parût toucher un caribou au pelage gris pâle, aux flancs blancs comme la neige. La flèche vola droit sur la bête, qui se dressa sur ses pattes, quitta le troupeau, et s'affaissa.

— Et maintenant, celui-là au manteau rouille et au ventre clair.

Et la flèche fila en droite ligne au cœur de la bête.

Elle en choisit trois autres, à la robe toute blanche, que Kungo abattit aussitôt. Nerveux, percevant un danger qu'ils ne pouvaient ni voir, ni sentir, ni entendre, les caribous s'enfuirent à travers la plaine. Les teintes de leur pelage se confondirent avec celles de la toundra et il ne fut plus possible de les discerner.

La vieille femme eut un cri de joie en voyant les peaux magnifiques des caribous abattus. D'une main experte, elle découpa les bêtes en quartiers et Kungo l'aida à les dépouiller de leur fourrure.

— Laisse les pièces de viande, dit-elle. Telikjuak viendra, avec les chiens, pour les ramener à la maison.

Elle enroula les peaux, les lia, et les suspendit à son dos; elle se voyait déjà occu-

pée à les gratter, à les étirer, à les tailler et à les coudre. Sur le chemin du retour, elle ne cessa de chantonner tandis que Kungo portait, dans chaque main, des foies de caribou encore chauds pour les offrir au nain et à Ittok.

Plus tard, cet automne-là, après que des bourrasques eurent amoncelé de la neige dans la vallée, ils construisirent un nouvel igloo, le premier de l'hiver. Ils enlevèrent les montants de la tente, les attachèrent à des barres de traverse et procédèrent à la réfection de leur traîneau. Les chiens, comme les hommes, manifestèrent leur joie devant la venue d'un nouvel hiver, sachant que le froid vif allait les revigorer et qu'ils pourraient désormais courir librement sur la terre enneigée et sur la mer gelée.

Lorsque la lune de la mi-hiver brilla au-dessus de leurs têtes, ils décidèrent de quitter leur terrain de chasse et de retourner à l'île. Ils enfoncèrent un côté de l'igloo «pour chasser les mauvais esprits qui s'y cachent peut-être et qui pourraient malmener quelque voyageur», dirent les hommes. Puis, en vrais nomades, ils attelèrent leurs chiens et s'engagèrent dans la plaine blanche, libres comme les feuilles que le vent d'automne disperse.

Ils atteignirent enfin la côte. Un vent soufflait de la mer, et le froid était si intense qu'ils eurent l'impression d'en être pénétrés jusque dans leurs os. La deuxième lune de l'hiver éclaira le pont de glace épaisse qui s'était formé entre la côte et l'île.

Un matin, avant le lever du jour, sous un ciel couleur d'encre, ils entreprirent la traversée. Une tempête s'éleva et le vent hurla. Le pont de glace se gonfla et craqua par endroits, sans toutefois se disloquer, et le lendemain, au haut du jour, ils abordèrent la rive sud de l'île où ils se sentirent à l'abri. Épuisés, ils escaladèrent le passage étroit et ils durent aider le vieil homme qui pouvait à peine marcher après leur long périple dans le froid glacial. Ils entrèrent dans la petite maison de pierre. La vieille femme ralluma la lampe; une bonne chaleur se répandit dans la pièce et des arabesques se dessinèrent sur les murs.

— Il fait bon voyager au loin, dit-elle, et voir chaque jour le soleil se lever sur des terres inconnues, mais c'est une véritable joie que nous éprouvons en rentrant à la maison.

Le vieil Ittok et Kungo acquiescèrent d'un mouvement de tête. Pour la première fois, le jeune garçon se rendit compte qu'il se sentait chez lui dans cette île de Tugjak. Cependant, il n'avait pas oublié son premier foyer et sa famille perdue; ce souvenir hantait ses nuits et, lorsqu'il l'évoquait, la colère empourprait ses joues.

Le jour suivant, il eut peur en voyant courir la chienne, Lao, suivie de ses neuf rejetons blancs, costauds et rapides comme des faucons. Il entreprit de grimper le flanc abrupt de l'île et aperçut, derrière lui, les chiens-loups qui le poursuivaient. Puis Lao le reconnut. Elle fit des bonds joyeux et lui lécha les mains. Deux jeunes chiens le menacèrent de leurs crocs, mais elle les chassa d'un grognement; bien qu'ils fussent aussi forts que leur mère, ils lui obéissaient.

Kungo observa longuement les bêtes, moitié loups, moitié chiens, au poil épais, à la tête effilée, dont le regard pâle et effrayant rappelait celui des loups. Leurs pattes, plus longues que celles de leur mère, et les bourrelets de leurs pieds plus larges les rendaient parfaitement aptes à courir sur la neige légère. Au cours de l'année écoulée, nul humain ne s'étant trouvé au campement pour les nourrir, ils avaient appris à chasser : durant l'été, quand le gibier était rare, ils avançaient jusqu'à mi-ventre dans la rivière pour y attraper des petits poissons.

L'une des bêtes, élancée et très belle, ressemblait plus que les autres à un loup. Un regard perçant animait ses yeux étranges et elle se tenait, tel un prince blanc, près de Lao.

— Amahok, tu seras le chef de la bande, dit Kungo.

Le chien, reconnaissant ce nom de loup, vint d'un bond se placer près du garçon qui ne le toucha pas, car il devinait qu'une force étrange, une ardeur sauvage se cachaient sous cette toison blanche.

Kungo passa tout le printemps suivant à chasser les phoques et les morses qui se chauffaient au soleil sur les lointaines nappes glacées de la mer. Il entraîna les chiens-loups à se tenir en bande et à lui obéir au moindre commandement; ils apprirent bientôt à courir à vive allure et sans faire de bruit.

— Leur poitrine est étroite et ils ne sont pas aussi forts que nos chiens de traîneau qui peuvent tirer d'énormes quartiers de

viande, dit Telikjuak, mais, grâce à leurs longues pattes, ils courent avec la légèreté du vent. Ils ne se battent pas et savent chasser pour eux-mêmes. Je n'ai jamais vu un tel attelage.

À partir du jour où Kungo nourrit ses chiens-loups de la riche viande de morse, ils grossirent et leurs forces décuplèrent. Le jeune garçon profita des beaux jours de l'été pour chasser et rapporter une nourriture abondante à la maison. Il consacrait ses moments libres à s'exercer au tir à l'arc, dont il connut bientôt tous les secrets. Telikjuak l'aida à fabriquer un long couteau dans un andouiller* qu'il façonna jusqu'à ce qu'il s'ajustât parfaitement à la main. Puis il en polit l'extrémité, sur une pierre, pour en faire une lame aussi pointue que les serres d'un harfang**.

Un jour, ils trouvèrent un morceau de bois flotté que la marée avait rejeté sur le rivage.

* Andouiller : ramification de la tige centrale de la ramure des cervidés.
** Harfang : oiseau nocturne des régions septentrionales dite *chouette blanche*.

En se servant d'une pierre effilée, ils fendirent la pièce dans son centre, taillèrent les deux morceaux pour en faire des patins de traîneau qui devinrent tout blancs après une exposition de quelques jours au soleil. Avec la pointe d'un arc, ils percèrent un trou dans chaque patin, puis découpèrent des tranches de bois qu'ils lièrent avec des lanières de cuir pour en faire des traverses. Ils possédaient désormais un traîneau solide et léger.

Un nouvel automne revint. Kungo avait beaucoup grandi. Il avait tant manié son arc que les muscles de ses bras et de son dos s'étaient fortifiés. Doué d'une force nouvelle, il pouvait aisément soulever son traîneau parmi les amoncellements de glace. Il aidait le nain à tirer d'énormes quartiers de morse, depuis la mer jusqu'à une cache recouverte de pierres, pour protéger cette précieuse nourriture contre les chiens et les bêtes sauvages.

Il goûtait pleinement la joie de vivre et se sentait en sécurité dans la maison de l'île; le vieil homme et sa femme, ainsi que

Telikjuak, constituaient sa famille. Mais, au fond de son cœur, une haine farouche et un désir intense de venger les siens demeuraient enracinés.

Un jour, Kungo vit le vieil homme assis sur une touffe de mousse roussie, loin de la maison. Déterminé à lui parler de ses souvenirs pénibles et de sa colère, il crut que le moment était venu. Il fut ému de le voir si courbé par l'âge. Ittok clignait des paupières dans le soleil automnal et il paraissait écouter un bruit lointain. D'une voix encore forte, il appela le nain:

— Telikjuak, Telikjuak, apporte-moi mon arc. Apporte-moi Kigavik tout de suite.

Le nain sortit de sa caverne et passa, en boitillant, près de Kungo. Une flèche noire serrée dans les dents, il débarrassa Kigavik de sa gaine de caribou.

Le vieil homme prit le grand arc dans sa main droite et, le pointant vers le bas, y inséra la corde dans l'encoche la plus haute. Le nain lui tendit la flèche et, s'éloignant de quelques pas, s'accroupit sur le sol. Lentement, péniblement, le vieil homme se mit à genoux et leva son visage ridé vers le

ciel; la brise agitait ses cheveux blancs et ses yeux avaient la pâleur et la fluidité de la buée.

Des bruits confus parvinrent de très loin. Les oies des neiges lançaient leurs chants vers la terre; elles venaient de quitter leurs nids d'été et s'envolaient vers le sud. Elles formaient un grand triangle blanc dans le ciel, et elles volaient si haut qu'elles ressemblaient à des flocons de neige.

« Kungo! Kungo! Kungo! » criaient les oies.

Tel était le nom que les Esquimaux avaient donné à ces oiseaux et à leurs cris.

Kungo observa Ittok agenouillé, immobile, comme perdu dans ses pensées. Il le vit placer lentement une flèche dans l'axe de Kigavik. Le vieil homme pointa l'arc vers le ciel puis, d'un mouvement puissant, le banda de toutes ses forces et libéra la flèche qui partit, dans un bruit sec, en une trajectoire verticale.

Se protégeant les yeux de la main, Kungo regarda et attendit. Soudain, il vit, très haut dans l'azur, la grande oie blanche qui volait en tête de file, à la pointe du triangle; le bel oiseau vacilla, ses ailes s'agitèrent puis il tomba en tourbillonnant sur le sol. Un bruit sourd, une masse inerte. Le choc avait été si fort que la flèche s'était brisée en deux.

Le nain ramassa l'oiseau mort et l'apporta au vieil homme qui tenait l'arc, Kigavik, au creux de ses mains comme il eût tenu les ailes puissantes d'un faucon.

— Kungo, dit-il, ces belles plumes blanches sont destinées à un archer blanc. Je te les donne. Mais tu ne dois jamais tuer l'un de ces oiseaux ni manger leur chair, car tu es venu de leur pays et tu portes leur nom. Et quand tu mourras, ton esprit se libérera et il vivra de nouveau avec les oies sauvages ; elles font partie de toi.

Kungo prit l'oie dans ses mains. Elle était douce, chaude, lourde. Son cou long et effilé se courbait et sa tête pendait presque à ras du sol. Blanches comme la crête des vagues, ses ailes étaient encore ouvertes et ses plumes ondulaient comme une rafale de neige agitée par le vent.

Il souhaitait parler longuement au vieil homme, mais le temps ne semblait jamais opportun. Ittok était presque aveugle ; il passait ses heures à rêver en dodelinant de la tête. On eût dit que son esprit avait quitté son corps pour vagabonder dans les souvenirs lointains de sa jeunesse.

Un soir, alors qu'Ittok dormait, Kungo fit part de ses pensées à la vieille femme. Il lui dit son désir de partir à la recherche des Indiens qui avaient détruit sa famille. Le souvenir de la nuit terrible brûlait son âme et ne lui laissait pas de répit.

Elle interrompit sa couture et hocha tristement la tête.

— Je sais, fit-elle en regardant son mari endormi. Il y a quatre ans, il m'a dit que tu resterais parmi nous jusqu'à cet hiver et que tu nous quitterais ensuite, poussé par ton désir de venger les tiens. Ce temps est venu. Mais je dois te prévenir. Ta haine et ta colère ressemblent à deux hommes qui empileraient de grosses pierres l'une sur l'autre jusqu'à ce qu'elles tombent et les tuent tous les deux.

Obstiné à assouvir sa soif de vengeance, il écouta ces paroles sans chercher à comprendre leur signification. Il fit et refit mille projets de départ, puis décida de quitter l'île

dès que le pont de glace se serait formé à la demi-lune de l'hiver.

Le nain l'aida, en silence, à fabriquer de nouvelles flèches longues, fines, aux pointes aiguës comme des dents de belette. Ils y attachèrent des plumes arrachées aux ailes de l'oie sauvage. La vieille femme, triste et muette, prépara huit harnais en peaux de phoque blanc pour les chiens.

Kungo fit courir ses chiens-loups tous les jours et s'entraîna à soulever le lourd traîneau. Fortes et rapides, ses bêtes devinrent dociles et, lorsqu'il commandait au chien de devant, Amahok, de démarrer ou d'arrêter, d'aller à droite ou à gauche, ce dernier obéissait instantanément et tout l'attelage le suivait.

Un matin, au déclin de la première lune de l'hiver, alors qu'un froid intense sévissait, Kungo monta sur la haute falaise qui entourait la petite maison. De ce sommet, le plus élevé de l'île de Tugjak, il scruta la terre ferme et vit que le pont de glace s'était formé. Il se hâta de redescendre et annonça au vieux couple que, si le temps le permettait, il partirait le lendemain.

Lorsqu'il s'éveilla, le jour suivant, un bel anorak à capuchon et un nouveau pantalon descendant jusqu'aux genoux avaient été posés près de lui, sur le lit. Kungo n'avait jamais vu de si beaux vêtements. Il les essaya sur-le-champ et sourit en voyant qu'ils lui allaient à la perfection. Taillés dans les flancs du caribou qu'il avait tué, l'anorak et le pantalon étaient blancs comme neige, et le capuchon garni de poil de loup tenait son cou bien au chaud. Il mit deux paires de bas faits d'une fourrure épaisse et passa par-dessus des bottes de peau de phoque blanc

La vieille femme, qui avait cousu tous ces vêtements, demeurait assise près de la lampe. Elle lui sourit tristement, et lui tendit les trois dernières choses : un bonnet de peau de belette blanche, une paire de mitaines* blanches doublées de cuir, et un petit sac blanc rempli de cendres et de graisse.

Kungo ne pouvait trouver les mots pour exprimer la profonde mélancolie qui l'envahissait. Il pensait aux chansons de la vieille

* Mitaines : moufles.

femme et aux joies qu'ils avaient partagées, l'été, au cours de leurs promenades dans la toundra. Sans se retourner, car il n'avait pas le courage de la regarder, il prit son sac blanc et sortit précipitamment de la maison.

Ittok se tenait sur le seuil, la chienne Lao près de lui. Il ne semblait pas voir Kungo mais il se pencha et, de ses mains tremblantes, il saisit le grand arc, Kigavik, et le tint à bout de bras.

— Avec cet arc, je te donne toute ma force et ma puissance, mon don de voir et d'entendre. Fais-en un bon usage. Prends-le vite.

Et les larmes coulèrent de ses yeux éteints.

Kungo regarda longuement le vieil homme et Kigavik qui vibrait comme les ailes d'un faucon entre les mains noueuses. Il déposa son arc blanc aux pieds d'Ittok et prit le grand arc noir. Il essaya de parler mais nul mot ne sortait de sa bouche.

Il se retourna et se dirigea à pas lents vers le sentier qui menait à la mer de glace.

Telikjuak accompagna son ami au pied des falaises, près de la mer, où les chiens-loups trépignaient d'impatience. Il s'affaira à resserrer les sangles du traîneau, sur lequel il étendit la couverture taillée dans le grand ours blanc qu'il avait abattu.

— Mais tu en as besoin pour dormir dans la caverne, dit Kungo en tentant de la lui remettre.

— Je t'interdis de la déplacer! cria le nain d'une voix rude et bourrue que Kungo ne lui connaissait pas. Je te la donne, archer blanc. Pars. Envole-toi avec Kigavik.

Et il donna un ordre bref aux chiens-loups, qui grognèrent et s'agitèrent sous leurs harnais, pressés de prendre leur élan.

— Ush, Ush! cria Kungo au chien de devant, et il sauta dans le traîneau.

Lorsque l'attelage eut pris le pas de course sur la glace couverte de neige, Kungo se retourna. Il vit le nain, immobile près des rochers de l'île, qui le regardait disparaître. Mais il savait que son costume et son attelage blancs se fondaient dans l'immense blancheur du pont de glace.

L'attelage avançait si rapidement que Kungo n'osa pas courir à côté du traîneau, pour se réchauffer, de crainte de ne pouvoir le rattraper. Emmitouflé dans ses vêtements confortables, il ne sentit ni la morsure du froid ni les coups de fouet du vent.

Les chiens mirent peu de temps à passer le pont de glace ; lorsque la lune se leva, ils avaient déjà franchi une grande distance sur la terre ferme. Kungo leur commanda de s'arrêter. Il les détela, et leur jeta de gros morceaux de phoque gelé qui furent dévorés en un instant. Assis dans le traîneau, et tout en découpant les tranches de viande qu'il partageait avec ses chiens, il contempla la première étoile qui brillait au-dessus des collines.

Il se hâta de bâtir un igloo. Armé de son couteau à lame d'ivoire, il tailla des blocs dans la neige durcie et les plaça en cercle autour de lui. Lorsque les murs de la hutte furent assez hauts, il sortit en rampant de l'entrée qu'il avait ménagée, et boucha les fissures avec de la neige. Puis il déposa l'arc, Kigavik, à l'intérieur, retira ses vêtements blancs et s'enroula dans la couverture reçue de Telikjuak.

Il était seul, désormais, et une tâche difficile l'attendait. Allongé dans l'obscurité de l'igloo, il revécut en pensée la nuit terrible au cours de laquelle ses parents et sa sœur, Shulu, lui avaient été ravis pour toujours. Une colère sourde monta en lui et il frissonna, malgré la chaleur de la peau d'ours, comme si une vague de froid le pénétrait jusqu'aux os. Il se calma enfin et glissa dans un sommeil peuplé d'Indiens décharnés, aux visages bariolés de dessins étranges.

Le lendemain, avant les premiers feux du jour, il dégagea la porte de neige et sortit. Les chiens étaient fringants, prêts à partir. Il les attela, puis il plaça soigneusement Kigavik dans son carquois, à côté du sac contenant les flèches. Il dissimula le tout dans les plis de la couverture.

Il cria un ordre à Amahok, le chien de tête, et l'attelage s'ébranla aussitôt. Comme mues par un ressort, les bêtes bondissaient vers le sud, en suivant le littoral.

Kungo dut voyager durant trois jours et se construire deux igloos avant d'atteindre la banquise qui émergeait à l'embouchure de la rivière gelée. Il scruta longuement les rives enneigées qui lui rappelaient le pays de son enfance. Mais il ne vit nul igloo, nul signe de vie dans cette région désolée, et il talonna ses chiens qui accélérèrent en suivant la rivière incurvée entre les collines.

Le deuxième soir, après avoir nourri ses chiens et construit sa hutte, il s'assit sur son traîneau et prit son unique repas de la journée. La lune se leva, pareille à un œil de géant, et déroula un ruban de lumière sur le paysage. Les glaces du cours d'eau craquèrent sous l'action du froid; on eût dit les plaintes d'un monstre emprisonné qui tente de se libérer. Kungo n'avait jamais vu de gnomes, mais il savait que, par un temps pareil, on pouvait entendre le rire des esprits de la rivière auquel répondent les sifflements des esprits du rivage. Il marcha lentement le long de la rivière. On lui avait dit que ces génies des bois et des eaux surgissent des fissures et aiment à s'allonger sur la glace, en gigotant et en riant dans le rayon de lune. Il crut entendre un éclat de rire mais ne vit rien.

Puis tout devint silence. Les chiens-loups sommeillaient près de l'igloo, et Kungo, enveloppé dans la chaleur de la couverture, dormit jusqu'au matin.

Au cours des deux jours suivants, il pénétra profondément à l'intérieur de la plaine. À l'aube du cinquième jour, une tempête balaya la campagne ; au début, l'air devint plus chaud puis le vent souffla si furieusement, en soulevant des tourbillons de neige, que Kungo ne pouvait voir ses chiens devant lui.

Il fit une halte et se construisit un nouvel igloo. Des bourrasques violentes lui arrachaient des mains les blocs de neige qu'il taillait. Il donna les derniers morceaux de viande à ses chiens et se glissa dans sa hutte. Il dormit, en proie à des rêves agités, puis s'éveilla en sursaut. L'igloo, solidement édifié, tint bon malgré le vent qui semblait s'acharner à le détruire.

Lorsque la tourmente ne fut plus qu'un vague gémissement, Kungo put enfin sortir de la hutte. Il crut se trouver dans un monde magique : les géants cachés dans le vent avaient sculpté d'étranges statues dans la neige et accumulé des monceaux de glace au bord des rivières. De lourds nuages couleur de plomb cachaient le soleil et les étoiles, de sorte qu'il était impossible de savoir où se trouvaient l'est et l'ouest.

De ses mains nues, Kungo fouilla le sol ; il savait que, sous la nouvelle couche de neige, le vent avait incrusté des sillons qui couraient du nord au sud. Il sut ainsi quelle direction il devait prendre. Il attela ses chiens mais ne les pressa pas, les sachant aussi affamés que lui après cinq jours de jeûne.

Ce soir-là, il campa près d'une chaîne de collines qui s'échelonnait vers le sud ; c'était un endroit idéal car, du sommet, il pouvait voir quiconque, homme ou bête, traverserait la plaine.

Le lendemain, il se dirigea en ligne droite vers le sud. Il scruta l'est et l'ouest et ne vit rien mais, au coucher du soleil, il fit stopper son attelage. Très loin, sur la plaine unie, il décela un mouvement, une sorte de remous. Il attendit patiemment, puis il vit une longue file de caribous qui se déplaçait lentement vers le nord. On eût dit d'immenses taches d'argent brillant à l'horizon. Kungo avait peu de chance de rencontrer à nouveau un tel gibier dans ce pays désert. Il avait grand-faim et ses chiens-loups ne pouvaient continuer leur course le ventre vide. Mais la colère qui l'habitait était si violente qu'elle lui commanda :

« Poursuis ta route. Ne t'arrête pas. »

Il cria un ordre à Amahok et l'attelage tira péniblement le traîneau, jusqu'au lever de la lune. Il érigea un nouvel igloo mais, affaibli par la faim, il dormit d'un sommeil agité de soubresauts.

Une surprise agréable l'attendait lorsqu'il sortit de sa hutte, au matin. Les chiens-loups étaient allongés près de l'entrée, leurs robes blanches maculées de sang. Kungo devina qu'ils s'étaient enfuis dans la nuit, et qu'en chasseurs habiles ils avaient attaqué un caribou. Rassasiés, ils étaient revenus à leur maître. Une lueur de triomphe brillait dans les yeux d'Amahok, et les autres bêtes, les flancs gonflés, léchaient leur poil blanc.

Pendant deux jours encore, Kungo voyagea vers le sud. Il ne vit rien sauf un hibou qui cherchait, comme lui, sa nourriture dans la plaine.

Enfin, le jour vint où Kungo aperçut dans le lointain la Terre des Petits-Arbres qu'il n'avait jamais vue ; dans la lumière du crépuscule, ses arbrisseaux rabougris ressemblaient à des fantômes immobiles.

Il campa très tôt, ne voulant pas dormir parmi la tribu des Petits-Arbres et craignant que ses chiens n'emmêlent leurs attaches dans les branches tortueuses. Avant de pénétrer dans son nouvel igloo, il scruta les environs et tendit l'oreille. Il tremblait de peur, et sa faim était si grande qu'il coupa une courroie de cuir et en mâcha un morceau pour se redonner un peu de forces.

Pendant la nuit, des rêves étranges tour-

billonnèrent dans sa tête. Lorsque l'un des chiens-loups poussa un gémissement sinistre à la lune, il se leva et, à peine éveillé, il se tapit à l'entrée de la hutte, serrant son couteau dans sa main.

La lune pâlissait dans le ciel lorsqu'il sortit de son igloo, le jour suivant. Il attela ses chiens et se remit en marche. Il découvrit bientôt les trois hommes de pierre dont avait parlé l'un des étrangers venus de la rivière des Deux-Langues.

L'endroit qui le hantait, depuis quatre longues années, lui apparut enfin: la rivière gelée menait à la Terre des Petits-Arbres, d'où montaient de minces colonnes de fumée. Les trois étrangers avaient mentionné dix feux mais on en comptait maintenant plus de vingt.

Torturé par la faim et la solitude, Kungo s'assit sur le traîneau et cacha sa tête dans ses mains. La scène horrible qui s'était déroulée chez lui, dans son enfance, lui revint à l'esprit; il eut l'impression de revoir en chair et en os ces hommes maigres et forts, armés de couteaux, d'arcs, de bâtons, et l'un d'eux gisant sur le sol, le dos percé de flèches.

Il se remit en marche. Conduisant son attelage prudemment en direction du campement, il suivit la rivière qui coulait entre les petits arbres. Le temps était beau, l'air rempli de douceur, mais à chaque ombre mouvante il s'arrêtait, le cœur rempli de crainte.

Il fit faire une halte aux chiens-loups, qui se couchèrent dans la neige. Après avoir tiré l'arc Kigavik et le carquois cachés sous les sangles, il les glissa sur son dos. Puis, il renversa le traîneau pour empêcher les bêtes de s'éloigner et avança à pas prudents.

La neige s'était amoncelée, au-delà de la rive, et il dut s'y enfoncer jusqu'aux genoux. Il marcha entre les arbres nains, guidé par les minces filets de fumée qui montaient devant lui. Parvenu au sommet d'une colline, il découvrit le campement indien à ses pieds. Au moins vingt familles y vivaient et, de toute sa vie, il n'avait vu tant de gens entassés dans un espace aussi restreint.

La forme conique de leurs tentes lui parut tout à fait étrange: de longs bâtons, recouverts de peaux étirées, étaient réunis à leur faîte, et une fumée à l'odeur d'acide montait d'une ouverture pratiquée au sommet. Kungo aperçut des hommes, des femmes et des enfants ainsi qu'un grand nombre de chiens faméliques. L'allure de ces hommes de haute taille le terrifia. Comment lui, si jeune, allait-il s'attaquer à des guerriers indiens ? Une fois de plus, les affres de la faim et de la peur l'assaillirent, mais une voix intérieure lui disait qu'il devait agir rapidement avant que ses forces ne l'abandonnent.

Lorsque le soir tomba, il retourna à la rivière et à son attelage, avançant péniblement dans la neige épaisse. Il ne pouvait se construire un igloo, la neige étant trop molle entre les arbres. Il s'enroula dans sa couverture et s'allongea parmi ses chiens, espérant qu'ils le protégeraient.

À son réveil, la terre était couverte d'une brume d'argent et de gros flocons de neige tourbillonnaient parmi les petits arbres. Il se leva et partit en chancelant vers le campement indien. La faim lui donnait des vertiges. Son père lui avait dit qu'un homme affamé pouvait, durant toute une lune, vivre sans nourriture s'il y a de la neige à manger ou de l'eau à boire.

Entendant un bruit derrière lui, il se retourna vivement et empoigna son couteau. Mais ce n'était qu'Amahok qui s'était libéré de l'attelage. La belle bête blanche le regarda de ses grands yeux verts et, lorsque Kungo se remit en marche, elle le suivit en silence.

Cette fois, Kungo prit une route différente car il voulait atteindre un petit lac qu'il avait découvert près du campement indien. Il trébucha plusieurs fois. La brume voilait la lumière et effaçait les ombres; il devenait de plus en plus difficile de juger des distances.

Parvenu au bord du lac couvert de glaces, Kungo fit une pause et scruta les lieux. Il tira de son capuchon le bonnet de belette blanche et le posa sur sa tête pour cacher ses cheveux noirs. Il ouvrit son sac de cuir, prit le mélange de cendres et de graisse, et s'en couvrit le visage et les mains. Amahok, toujours à ses côtés, reniflait l'odeur de fumée qui montait des huttes coniques.

Kungo demeura un long moment immobile au bord du lac. Seul dans la brume, il s'arma de courage. Des images effroyables traversèrent son esprit. Soudain, il cria d'une voix terrible :

« Peuple de chiens, tueurs de femmes, éventreurs d'igloos et de kayaks, venez par ici. Venez vers moi dans ce clair matin. »

Il hurla comme un loup et Amahok hurla

aussi, le rejoignant en un terrible duo. Ensuite, il imita le cri d'un grèbe puis il rugit comme un ours aux prises avec une meute de chiens.

Il y eut un moment de silence dans le campement indien, suivi de cris et de paroles prononcées dans une langue bizarre que Kungo ne comprenait pas. Il vit des hommes courir parmi les arbres, se hâtant de fixer des flèches à leurs arcs avant de se précipiter vers lui. Il poussa un long cri comme celui d'un faucon en colère. Les Indiens s'arrêtèrent dans leur course et pointèrent leurs arcs.

Lentement, Kungo tira Kigavik suspendu à son dos et choisit dans le carquois six flèches blanches qu'il piqua dans la neige. Une volée de flèches indiennes jaillit tout près de lui. Il fixa une flèche à son arc et baissa la tête, hésitant. Puis il pointa Kigavik et visa le cœur du plus proche guerrier. Mais à ce moment précis, un sentiment étrange, un tourbillon de doutes l'assaillirent.

« Si j'attaque ces gens, aujourd'hui, ne viendront-ils pas, un jour, porter leur vengeance au cœur de ma tribu ? Ne reviendront-ils pas en terre esquimaude pour tuer, voler et perpétuer une vieille haine transmise de père en fils, et de fils en petit-fils ? Ne suis-je pas en train d'accumuler haine sur haine comme des pierres qui tombent et qui tuent ceux qui les ont empilées ? Suis-je vraiment différent d'un chien enragé qui ne cherche qu'à mordre et à tuer ? Et toutes ces querelles n'ont-elles pas été engendrées par ces trois hommes affamés qui, il y a longtemps, ont attaqué le campement indien et volé ses provisions de viande ? »

Le visage de la vieille femme sembla flotter devant les yeux de Kungo, comme une vision, et il se souvint de ses gentillesses et de ses sages conseils. Mais sa colère n'était pas entièrement éteinte. Il modifia le tir de son arc et, plutôt que de viser le cœur du guerrier, il prit le col de son manteau comme cible. La flèche transperça la fourrure épaisse ainsi que l'étrange bonnet et les retint ensemble ; elle pressait tellement la gorge de l'Indien qu'il poussa des cris de frayeur.

Kungo lança flèche sur flèche; elles volèrent, en sifflant, parmi les guerriers, déchirant leurs vêtements mais n'atteignant jamais leur chair. Les Indiens pointèrent leurs arcs, mais ne tirèrent pas car ils ne pouvaient distinguer Kungo dont les vêtements blancs se confondaient avec la neige. Il se déplaçait comme un fantôme dans la brume, et les guerriers criaient de terreur.

Ils virent distinctement le grand arc, Kigavik, courbé comme les ailes d'un faucon noir, et s'agitant dans tous les sens. Sa corde vibrait, ses flèches volaient autour d'eux, guidées par les plumes d'oie attachées à leur pointe. Affolés, les Indiens croyaient qu'armé d'un arc l'esprit de l'hiver les menaçait.

Lorsque Kungo eut épuisé presque toutes ses flèches, il entendit une voix douce qui montait vers lui. Malgré la clameur des guerriers, il reconnut cette voix féminine qui parlait en esquimau et qui l'appelait par son nom.

— Kungo! Kungo! Ô mon frère. Je t'en supplie, dépose ton arc. Je suis Shulu, ta petite sœur.

Les Indiens demeurèrent cloués sur place en voyant cette jeune fille qui traversait seule le lac gelé, et qui se dirigeait vers l'endroit où le grand arc noir planait comme un oiseau de proie.

Elle se frotta les yeux car elle pouvait à peine reconnaître Kungo.

— Ô mon frère, est-ce toi ou est-ce un fantôme? M'es-tu revenu, après tant d'années, alors que je te croyais mort?

D'un geste craintif, elle toucha la joue de son frère pour s'assurer qu'il était bien vivant. Puis, elle lui prit la main et l'entraîna doucement vers le lac.

Les guerriers indiens s'écartèrent lorsque Shulu conduisit son frère au milieu de leur campement. De l'intérieur des tentes et du haut des branches enneigées, cinquante paires d'yeux noirs surveillaient l'arc en forme de faucon, le chien-loup et le jeune garçon qu'ils avaient pris pour un fantôme.

Amahok se tenait tout près de Kungo, les muscles tendus et prêt à bondir. Un grognement sourd gargouillait dans sa gorge, et ses yeux verts promenaient un regard méfiant sur les environs car il n'aimait ni cet endroit ni ces gens étranges.

Comme le chien-loup, Kungo était nerveux et inquiet. Tout était changé. Rien ne subsistait des projets élaborés depuis tant d'années. Le souvenir de la vieille femme avait suffi à lui faire renoncer à sa vengeance. Seul, réduit à l'impuissance, il craignait d'être tué par les guerriers indiens.

Il jeta un coup d'œil à sa sœur dont le costume lui parut bizarre : taillé dans une peau de caribou débarrassée de sa fourrure, bordé de dessins étranges peints en noir et rouge, il ne comportait pas de capuchon. Une longue frange garnissait le bas de ce vêtement qui tombait jusqu'aux genoux. Shulu portait des jambières de peau de caribou frangées sur un côté, et ses pieds étaient chaussés de mocassins. Ses longs cheveux nattés sortaient d'un bonnet rond brodé, et un collier de pierres brillantes pendait à son cou. Ce costume et cette coiffure étonnèrent fort Kungo.

Un Indien sortit précipitamment d'un bouquet d'arbres. Kungo agrippa aussitôt son couteau dissimulé dans la manche de son parka. L'homme marcha jusqu'à la tente qui se dressait dans le sentier et attendit, immobile, sur le seuil. Grand et mince, à peine plus âgé que Kungo, il portait un costume qui ressemblait à celui de Shulu. Une large ceinture perlée sanglait sa taille et une gibecière, finement décorée, pendait à son épaule. Il était coiffé d'un étrange bonnet pointu qui couvrait sa longue chevelure. Très digne, le regard alerte comme celui d'un aigle, il semblait prêt à attaquer. Kungo le vit retirer la moufle de sa main droite et effleurer son couteau de fer. Nulle expression n'animait son visage hâlé qu'on eût dit sculpté dans la pierre.

Shulu s'adressa au jeune Indien dans une langue étrange et chantante. Puis, elle se tourna vers son frère et dit :

— Voici Natawa. Il sait que tu es mon frère.

Et elle disparut dans la tente.

L'Indien souleva la peau qui tenait lieu de portière et fit signe à Kungo d'entrer dans la tente où tous deux durent enjamber une grosse bûche. Méfiant, Amahok se coucha à l'extérieur et monta la garde.

Quand ses yeux se furent habitués à l'obscurité, Kungo découvrit que la tente était ronde et que les murs, tendus de peaux de caribou, convergeaient vers le trou de fumée percé dans le toit. De nombreuses peaux et des couvertures aux couleurs vives étaient empilées sur les côtés ; un tambour rond et plat, fait d'une peau de caribou étirée, était suspendu aux montants de la tente par des lanières de cuir. Au centre, une braise rougeoyait dans un cercle de pierres, et l'énorme bûche constituait le seul combustible de l'habitation ; les Indiens ne la coupaient pas mais la poussaient au fur et à mesure dans les flammes. Des pièces de viande mijotaient dans une marmite au-dessus du feu.

Shulu disposa de belles peaux épaisses sur le sol, et y fit asseoir son frère. Le jeune Indien s'accroupit devant lui. Les lueurs éclairaient partiellement son visage, mais l'ombre cachait ses yeux et Kungo ne put lire leur expression. Il vit l'endroit où sa propre flèche avait déchiré la tunique de l'Indien, à la hauteur de la gorge.

— Cet homme, Natawa, est mon mari,

dit Shulu. Nous nous sommes épousés à la première lune de l'été.

Kungo sentit le sang battre dans ses artères. Il pouvait difficilement comprendre les mots qu'il venait d'entendre.

Consciente de la surprise qu'elle avait provoquée, Shulu ajouta vivement :

— Tu dois avoir faim, mon frère.

Elle se pencha au-dessus de la marmite et remua l'épais bouillon dans lequel mijotaient des morceaux de viande de caribou.

Kungo refusa de manger et garda le silence. Prêt à toute éventualité, il surveillait les moindres gestes de l'Indien. Sans doute la tente était-elle entourée de guerriers, car Amahok ne cessait de grogner.

— Au cours de toutes ces années, dit Shulu, je vous croyais morts, toi et les autres membres de notre famille. Quand on m'a amenée ici, j'ai vécu dans la peur. Les enfants se moquaient de moi et me jetaient des pierres. Je n'ai servi qu'à porter l'eau et à dépouiller les oiseaux. Après quelque temps, on m'a adoptée; j'avais un père et une mère. J'ai appris à parler leur langue et tous les enfants sont devenus mes amis.

Mes nouveaux parents ont toujours été bons envers moi et m'ont enseigné mille choses. Ô mon frère, il m'est difficile de te parler dans notre langue que j'ai presque oubliée.

Il m'arrive, le printemps venu, lorsque je regarde la plaine nue, de me rappeler ces jours lointains où nous allions, toi et moi, faire des randonnées avec nos parents. Mon âme vous appelle et elle évoque les oies des neiges pondant leurs œufs dans la toundra. Je revois les truites argentées que nous apercevions sous la glace fondante du lac. Je n'oublierai jamais le ciel des nuits d'été lorsque, dans le nord lointain, le soleil de minuit dansait sur la crête des collines et ne se couchait pas.

Tout cela m'apparaît maintenant comme un rêve. Je vis ici au Pays des Petits-Arbres parmi les gens que je considère comme mon peuple. Oh, si tu pouvais connaître Natawa comme je le connais et s'il pouvait t'apprécier comme je t'apprécie ! Vous avez failli vous entre-tuer sur le lac gelé et, en ce moment, la flamme éclaire vos visages angoissés. La main crispée sur vos couteaux, vous vous épiez l'un l'autre. Oh, comme vous avez tort! Je vous aime tous les deux. J'ai vu chacun de vous danser, chanter, rire et pleurer, et je sais que, malgré les langues différentes que vous parlez, vous êtes des frères de race.

Shulu regarda longuement Natawa et prononça des mots que Kungo ne pouvait comprendre. Les traits de l'Indien s'adoucirent; il s'agenouilla et retira le couteau de fer glissé dans sa ceinture. Il piqua un gros morceau de viande et, tournant son arme du côté du manche, l'offrit à Kungo. Puis il s'allongea sur la pile de peaux soyeuses.

Kungo dégagea le couteau qu'il avait dissimulé dans sa manche et le jeta sur le sol. Il prit le grand arc, Kigavik, et le plaça derrière lui. La bonne odeur de viande raviva son immense faim et, ne voulant pas montrer qu'il était affamé, il mangea lentement en savourant chaque bouchée.

Natawa sortit et parla aux gens qui attendaient près de la tente. Les guerriers rentrèrent chez eux et Amahok cessa de grogner.

Durant une partie de la nuit, Kungo raconta ce qu'avait été sa vie depuis le drame survenu dans sa tribu, et Shulu traduisit ses paroles en langue indienne.

Lorsque Kungo eut terminé son récit, Natawa parla de sa première rencontre avec Shulu, alors qu'ils étaient tous deux très jeunes, et de leur mariage. Puis, il raconta leur aventure de l'automne précédent : ils avaient pagayé sur une grande rivière entrecoupée de rapides et dont les rives étaient couvertes d'arbres hauts.

Les dents de Natawa brillaient lorsqu'il souriait en décrivant ce pays étrange rempli de bêtes sauvages que Kungo n'avait jamais vues auparavant : des ours noirs, de gros oiseaux à tête rouge qui tambourinent sur les branches, de grands animaux qui grimpent aux arbres et qui ont un pelage tacheté, des yeux jaunes et de longues griffes pointues comme celles des aigles.

Le jour allait se lever lorsqu'ils s'étendirent sur les peaux de fourrure et ils dormirent ensemble sous des couvertures aux couleurs vives.

À son réveil, Kungo sursauta, ne se rappelant plus sur le moment où il se trouvait.

Shulu se leva la première et poussa la longue bûche sur les braises. Un feu vif se déploya et la jeune femme plaça la marmite tout près des flammes.

Natawa lui parla longuement. Lorsqu'il eut terminé, elle se tourna vers son frère :

— Il t'invite à demeurer avec nous, à vivre parmi nos gens. Il te prie d'oublier les vieilles haines, de chasser avec lui, de pêcher au pied des chutes lorsqu'au printemps nous irons à la Rivière Chantante. Il souhaite que tu vives avec nous comme un frère. Dis, Kungo, tu acceptes ce qu'il te propose ?

— Dis-lui que j'aimerais apprendre sa langue et chasser avec lui. Dis-lui aussi que je regrette d'avoir lancé cette flèche qui a failli lui percer la gorge. Je suis horrifié en pensant qu'hier je ne songeais qu'à le tuer. Mais je dois retourner à l'île où m'attend le vieux couple qui est désormais ma famille. Je dois les aider. Lorsque je serai assuré que ces braves gens sont en bonne santé et qu'ils ne manquent pas de nourriture, je reviendrai au printemps vous attendre près des hautes chutes.

Ils quittèrent la tente et traversèrent ensemble le campement indien. De gros flocons de neige glissèrent entre les arbres, s'accrochant aux branches et aux tentes enfumées. Devant chaque hutte, de belles peaux de castor et de loutre séchaient sur des piquets fichés en terre.

— Les Indiens estiment fort ces fourrures, dit Shulu. Ils en garnissent leurs vêtements, et s'en servent pour les échanger avec les étrangers du sud contre des couteaux de fer, des marmites, des couvertures...

Les enfants indiens, immobiles comme des lapins effrayés, regardaient Kungo avec des yeux inquiets : il était presque invisible dans son costume blanc qui se fondait dans le paysage de neige. Le chien-loup aux yeux jaunes trottait derrière le jeune Esquimau.

Lorsqu'ils parvinrent à l'orée d'un bois, Natawa tira les raquettes délicatement nattées qu'il portait sur son dos, y glissa ses pieds chaussés de mocassins et quitta le sentier. D'un pas cadencé, il marcha sur la neige jusqu'à un endroit où d'énormes pièces de caribou étaient accrochées aux arbres. Il leva les bras, décrocha quatre morceaux et les plaça dans un traîneau. Accompagné de Shulu, il suivit Kungo sur le lac gelé puis, parmi les arbres nains, jusqu'au lieu où les chiens de l'attelage attendaient patiemment.

Kungo regarda longuement sa sœur puis Natawa. Une expression de chagrin remplit les yeux sombres de l'Indien; il dit quelques mots à Shulu puis se tut.

— Il me demande si je souhaite partir avec toi, dit-elle. Il dit qu'il se fermera les yeux si je te suis.

Elle répondit, d'un seul mot, à son mari.

— Je resterai toujours avec lui, poursuivit-elle, s'adressant à Kungo. Mais je t'en supplie, reviens au printemps comme il t'y invite. Nous irons pêcher ensemble aux hautes chutes.

Kungo se retourna et fit face à Natawa. Selon la coutume de sa tribu, il jeta ses moufles sur la neige et releva jusqu'aux coudes les manches de son anorak pour prouver qu'il ne dissimulait aucune arme.

Natawa, comprenant la signification de ce geste, releva ses propres manches et s'approcha de Kungo. Leurs doigts se touchèrent et, sans prononcer un mot, ils se comprirent.

Kungo donna un ordre bref à ses chiens. Ils démarrèrent à vive allure et quittèrent le Pays des Petits-Arbres en direction de la toundra balayée par le vent.

Kungo se retourna et vit sa sœur, immobile près de son mari. Une douce chaleur monta en lui à la pensée que Shulu était vivante et heureuse. Et sa colère, disparue pour toujours, n'était plus qu'un mauvais souvenir.

Le froid lui mordit les joues et le stimula. La perspective de retrouver l'île de Tugjak lui arracha un éclat de rire.

«Comme il me tarde de revoir le vieil Ittok qui m'a enseigné tant de choses sur le tir à l'arc et sur la vie. Grâce à sa femme, j'ai réprimé mon désir de vengeance et appris à me connaître moi-même et à connaître les autres.»

Il caressa du doigt Kigavik, le bel arc en forme de faucon, solidement attaché à son

traîneau que les chiens-loups tiraient à une allure folle. Le bonheur de Shulu le remplissait de joie.

« Au printemps, lorsque le soleil aura dégagé la rivière au pied des chutes, je reverrai ma sœur et Natawa. »

Les mots d'une chanson se formèrent dans sa tête, et il chanta à tue-tête malgré la fureur du vent du nord. Cette chanson, venue du plus profond de son être, il ne l'oublierait jamais plus :

> Ayii, ayii, ayii, ayii,
> J'ai marché sur la glace de la mer.
> Émerveillé, j'ai entendu son chant
> Et les soupirs de la glace nouvelle.
> Je pars, avec toute la vigueur de mon
> [âme,
> Vers le pays de la joie et de
> [l'abondance.
> Ayii, ayii.

Castor Poche

Des livres pour toutes les envies de lire,
envie de rire, de frissonner,
envie de partir loin
ou de se pelotonner dans un coin.

Des livres pour ceux qui dévorent.
Des livres pour ceux qui grignotent.
Des livres pour ceux qui croient ne pas aimer lire.
Des livres pour ouvrir l'appétit de lire et de grandir.

Castor Poche rassemble des textes du monde entier ; des récits qui parlent de vous mais aussi d'ailleurs, de pays lointains ou plus proches, de cultures différentes ; des romans, des récits, des témoignages, des documents écrits avec passion par des auteurs qui aiment la vie, qui défendent et respectent les différences. Des livres qui abordent les questions que vous vous posez.

Les auteurs, les illustrateurs, les traducteurs vous invitent à communiquer, à correspondre avec eux.

Castor Poche
Atelier du Père Castor
4, rue Casimir-Delavigne
75006 PARIS

Roman

Castor Poche, des livres pour toutes les envies de lire: pour ceux qui aiment les histoires d'hier et d'aujourd'hui, ici, mais aussi dans d'autres pays, voici une sélection de romans.

686 Piège dans les rocheuses — Senior
par Xavier-Laurent Petit

Gustin n'a pas vu son père depuis qu'il a... quatre mois! Cet été, il va le retrouver, au cœur du Wyoming, dans le campement indien où Renard Rouge vit désormais. Mais la sérénité de cette existence sauvage cache une inquiétude, une menace... La présence de Gustin suffira-t-elle à déjouer les plans de Willcox?

685 Café au lait et pain aux raisins — Junior
par Carolin Philipps

Ce soir-là, seul dans l'appartement, Sammy se prépare pour aller au feu d'artifice. Soudain, une bombe incendiaire est jetée par la fenêtre. Que signifie cette violence? Et pourquoi Boris, son voisin et camarade de classe, assiste-t-il à la scène sans rien faire? Avec douleur, Sammy découvre qu'il est victime du racisme...

683 Marine — Junior
par Chantal Crétois

Marine est une «enfant de la DDASS». Elle apprend un jour que ses parents de naissance n'ont plus de droits sur elle, qu'elle peut être adoptée. Mais qu'il est difficile de se laisser aimer lorsqu'on a douze ans et que tout est cassé dans sa tête et dans son cœur!

682 Les lumières de Diwali — Junior
par Rumer Godden

Demain, c'est Diwali, la nuit magique où l'Inde entière s'illumine, le soir où partout dansent les petites flammes de la fête. Mais cette année, la maison de Prem restera plongée dans l'obscurité: Mamoni a vendu les lampes! À moins que... car Prem n'est pas d'un naturel résigné!

Roman

681 L'œil d'Horus — Senior
par Alain Surget

Le destin de Menî est tout tracé : il doit succéder à son père, le pharaon Antaref. Mais pour l'heure, il sait à peine tirer à l'arc et ne s'intéresse qu'à ses animaux familiers. Antaref lui ordonne alors d'accomplir trois exploits pour prouver qu'il peut être roi.

678 La papaothèque — Junior
par Dennis Whelehan

Décidément, le papa de Joseph laisse beaucoup à désirer : toujours pressé, la tête ailleurs, il oublie de faire les courses et n'est d'aucun secours pour les devoirs. Ah, si seulement on pouvait changer de papa comme on change de livre à la bibliothèque ! ... Et s'il existait bien qulque part, une papaothèque ?

677 La caverne des éléphants — Senior
par Roland Smith

Jacob, un jeune Américain de quatorze ans, vient de perdre sa mère. Sans nouvelles de son père depuiis longtemps, il décide pourtant de la rejoindre, au cœur de la brousse, au Kenya. Dans cet univers farouche, il découvre l'âme de l'Afrique... et son propre destin.

676 Les cornes du diable — Junior
par Gary Paulsen

Bobbie est loin d'être ravie : cette année, sa cousine de Los Angeles vient l'aider à rassembler les vaches égarées. La chasse s'annonce mouvementée, d'autant que le taureau Diablo fait des siennes et que les frères Bledsoe veillent...

674 Danger sur la rivière — Junior
par Gary Paulsen

À contrecœur, Daniel se rend en minibus au camp de vacances du nid d'Aigle. En plus, il retrouve ses camarades de classe qui lui mènent la vie dure. Mais tout change lorsque le minibus plonge dans la rivière...

Roman

673 Le tueur de Gorgone Junior
par Gary Paulsen
Warren Trumbull est un drôle de garçon. Avec son groin et ses oreilles pointues, il ressemble à un cochon. Un jour, l'agence de secours Prince charmant lui confie une terrible mission : exterminer une cruelle créature douée du pouvoir de transformer les humains en pierre...

672 La légende de la caverne Junior
par Gary Paulsen
À la recherche d'une statue indienne, Will et Sarah explorent la grotte de la Montagne Hantée. Mais deux dangereux malfaiteurs veillent, bien décidés à se débarrasser de témoins aussi gênants...

671 La vallée du tonnerre Junior
par Gary Paulsen
Pendant les vacances, Jeremy et Jason aident leurs grands-parents à tenir le chalet familial. Bientôt, une succession d'événements étranges vient perturber la tranquilité des lieux. Les deux frères vont devoir se débrouiller seuls pour déjouer uncomplot diabolique...

667 L'ogre du sommeil Junior
par Hubert Ben Kemoun
Depuis qu'une dentiste lui a arraché presque toutes ses dents, Balzébill ne fait plus peur aux enfants. C'est du moins ce que tout le monde croit, jusqu'au jour où il se découvre un appétit et un don fort inattendus... Citoyens de Babès, prenez garde à l'ogre Balzébill, l'avaleur de songes, le glouton des rêves.

658 Dans les trous, on trouve tout Junior
par Paul Thiès
Désiré est orphelin et personne ne veut de lui. Un jour pourtant, un personnage étrange lui confie une mission : prendre le sac magique et vendre des trous ! Désiré n'est pas au bout de ses surprises...

Roman

657 **Chasseur de stars** — Senior
par Klaus Hagerup

A treize ans, Werner, petit, timide, surnommé «Ver de terre», a peur des autres, du noir, de l'altitude et surtout des filles. Jusqu'au jour où Stella, star adulée d'un feuilleton américain, désire le rencontrer...

656 **La société secrète** — Senior
par Henning Mankell

Joël a onze ans. Très solitaire, il vit avec son père. Il veut découvrir son passé et celui de sa mère, absente. Pour y parvenir, il crée une société secrète qui lui permet de sortir la nuit et d'explorer les territoires inconnus du souvenir.

654 **Le merveilleux voyage de Nils Holgersson à travers la Suède** — Junior
par Selma Lagerlöf

Pour s'être moqué d'un lutin, Nils va être ensorcelé et devenir à son tour tout petit. Il accomplira un voyage extraordinaire à travers son pays, jusqu'en Laponie, sur Akka, un jars qui l'emporte dans les airs.

651 **Le silence des ruches** — Senior
par Michel Le Bourhis

Lorsque Julien apprend la mort de son grand-père, il est triste. Bien sûr. Pourtant, dans ce deuil à cœur ouvert, l'espoir est là. L'espoir, ce sont les souvenirs et les secrets partagés...

650 **Les rois de la combine** — Senior
par Sheila Och

Karel et Jarda ont un problème : ils sont pauvres. Comment le résoudre ? Très simple, pensent-ils, il faut gagner de l'argent : vente de tickets de tram, de vers de terre... Rien ne les arrête !

Roman

648 **Victoire sur la peur** — Senior
par Phyllis Reynolds Naylor
La dernière fois que Doug a grimpé sur une corniche, il a eu la peur de sa vie. Depuis, il s'est juré de ne jamais recommencer. Pourtant, lorsque son frère disparaît dans la montagne, son courage n'a plus de limite.

644 **68, boulevard Saint-Michel** — Senior
par D. Martignol-A. Grousset
La révolte gronde dans les rues de Paris en ce mois de mai 1968. Martial Manault habite au 68, boulevard Saint-Michel, au cœur des manifestations. Un soir, avec Chantal, une élève infirmière, il soigne un étudiant matraqué, qui disparaît juste après. Ils se lancent à sa recherche au milieu des barricades.

641 **Aliénor d'Aquitaine** — Senior
par Brigitte Coppin
Aliénor d'Aquitaine a dominé l'histoire du XIIe siècle. Reine de France, puis d'Angleterre, elle a connu le pouvoir, la gloire et la prison, sans jamais renoncer à ses rêves et ses ambitions.

637 **Moi Angelica, esclave** — Senior
par Scott O'Dell
Angelica est capturée en Afrique et vendue comme esclave dans une plantation aux Antilles. Que de souffrances et d'humiliations pour une jeune fille, que de rage aussi, et bientôt la rumeur court à travers toute l'île... Les esclaves se révoltent...

635 **Sauvez Willy 3** — Junior
par Todd Strasser
Jesse est presque un homme désormais. Il n'a rien perdu de sa passion pour les orques, et il travaille pour leur protection. Il retrouve Willy tous les ans. Mais leur route va croiser des pêcheurs prêts à tout pour capturer des orques.

Roman

634 **Yvain, le chevalier au lion** — Senior
par Camille Sander

Yvain, chevalier à la cour du roi Arthur, part chercher l'aventure qui le consacrera aux yeux de tous comme un brave. Un lion le suit partout, pour affronter dragon, géant et démon qui le guettent...

633 **Le petit chaperon rouge à Manhattan** — Senior
par Carmen Martin Gaite

L'histoire du petit chaperon rouge, vous la connaissez ? Oui, mais les temps changent ! Sara vit à Brooklyn, la galette est une tarte aux fraises, la grand-mère une chanteuse de music-hall, et le loup un pâtissier multimillionnaire...

632 **Les moissonneurs de gloire** — Senior
par Thalie de Molènes

Pierre-Marie s'engage au combat dans l'armée du consul Bonaparte; Louis-François de Ponchapt, se lance dans de sombres machinations... L'affrontement entre les deux hommes va-t-il faire éclater la famille Tibeyrant ?

630 **Libraire de nuit** — Junior
par Jacqueline Mirande

En ce début d'automne, sur les berges de la Seine, les ntempéries rendent le métier de libraire ambulant difficile. Belle Humeur a l'intention de terminer sa carrière sur un gros coup : la vente prohibée d'exemplaires de *l'encyclopédie*. Exerçant déjà la profession sans autorisation, le petit libraire double les risques d'être arrêté par la police...

629 **Piscine de nuit** — Junior
par Betsy Byars

Cet été, Retta a décidé de faire quelque chose de nouveau. Pourquoi ne pas profiter de la piscine du voisin ? En pleine nuit, elle entraîne ses deux frères pour une baignade clandestine qui promet d'être excitante...

Roman

628 Le secret du feu — Senior
par Henning Mankell

Chaque flamme détient son secret et, en observant le feu, on peut y voir son avenir... Sofia, dont le destin a été bouleversé par la guerre qui ravage son pays, tente de redonner un sens à sa vie. Elle puise dans les flammes qui dansent un message d'espoir...

627 Des bateaux plein la tête — Junior
par Alice Mead

Reeve a bientôt dix ans et, dans sa cité new-yorkaise, il est parfois bien tentant d'intégrer les gangs ou de tomber dans le piège des dealers. Mais le garçon a un rêve : devenir capitaine de bateau...

620 Dangers sur le fleuve rouge — Junior
par Bertrand Solet

Khiêm et son père Pham sont enrôlés de force au Tonkin où les combats entre français et chinois font rage. Ils parviennent à s'échapper mais Pham disparaît. Aidé de ses amis saltimbanques, il part à sa recherche. Khiêm retrouvera-t-il son père?

619 Sous le drapeau noir — Senior
par Erik Christian Haugaard

Alors qu'il est en vogue vers l'Angleterre, William est kidnappé par l'infâme Barbe-Noire. Le pirate se prend d'affection pour le garçon et l'initie au combat, à l'abordage... Mais William ne pense qu'à s'évader.

616 Le gardien du chateau — Senior
par Nadine Brun-Cosme

Trois nouvelles qui évoquent l'attente de l'autre, l'émoi de la rencontre, la douleur de l'absence, mais aussi la joie de la rencontre. Laissons les mots saisir les sensations fugaces du temps qui passe.

Roman

615 **Le dresseur d'ours** — **Senior**
par Harriet Graham

Avant d'être apprenti-tanneur, Guillaume a connu la douceur d'une famille heureuse. C'était avant, avant la mort de son père, avant le remariage de sa mère... il y a si longtemps. Mais Guillaume a le don de dresser les ours, don très convoité en ces temps où les ours apprivoisés vont de ville en ville, de pays en pays... Guillaume part pour un long voyage avec une troupe de saltimbanques.

614 **La vengeance d'Emily Upham** — **Junior**
par Avi

Le père d'Emily est ruiné et mêlé à une histoire de hold-up! C'est beaucoup d'émotions pour la jeune et précieuse Emily. Seth Marple, un jeune va-nu-pieds, propose de l'aider. Mais quelle aide! Entre Seth l'intrépide et la précieuse Emily la rencontre est explosive.

604 **L'arbre à palabres** — **Junior**
par Régine Detambel

Sur l'arbre le plus haut, le plus vieux, le plus gros de l'épaisse forêt d'Amérique, cinq drôles d'oiseaux jacassent. Ils se racontent les histoires de Serge, le merle vert, de Dimitri l'ibis gris, de Tom Condor...

603 **Le puits** — **Senior**
par Mildred D. Taylor

La sécheresse est terrible, elle a tari tous les puits de la région, sauf celui des Logan, famille de fermiers noirs aisée. Ils partagent de grand cœur cette eau précieuse. Mais en 1910, dans le Sud américain, les rancœurs contre les Noirs persistent...

602 **L'album photo des Fantora** — **Junior**
par Adèle Geras

Ozzy, le chat des Fantora, conte les derniers épisodes de la chronique familiale. Les préparatifs en vue du mariage de la tante Varvara donnent lieu à une agitation savoureuse dans la maison.

Roman

601 **La Corbille**
Prisonniers des Vikings – Tome 4   **Senior**
par Torill T. Hauger
La Corbille a toujours été considérée comme une sorcière à la ferme du jarl. Crainte et haïe, elle a des dons de guérisseuse, précieux au retour des raids. Pourtant, sous cette apparence farouche, la jeune fille cache un cœur sensible et généreux, qui saura le découvrir?

600 **Le jour de la photo**   **Junior**
Par Corinne Fleurot
La Grande Catoche règne sur l'école. Elle domine la cour de récréation. Hélène vit dans l'ombre de son aînée; pourtant, le jour où la Catoche subira une grande humiliation publique c'est auprès d'Hélène qu'elle trouvera la force de faire face…

599 **Match nul**   **Junior**
par Avi
Comment peut-on détester le football ? C'est une idée saugrenue que partage pourtant une classe entière, et alors ? Alors, dans ce collège, le football est obligatoire. L'entraîneur n'est pas un fou de foot, lui non plus… Spectacle garanti pour le public.

590 **Le champ de personne**   **Senior**
par Daniel Picouly
Le Mohican, onzième d'une famille de treize enfants, vit dans un petit pavillon de banlieue. Sa famille, grande tribu généreuse, est solidaire et la vie n'est jamais monotone pour le Mohican, entre le football (sa grande passion) et les dictées (sa terreur), entre rêves et rires.

585 **Les vacances du chiot-garou**   **Junior**
par Jacqueline Wilson
Des vacances au bord de la mer avec ses parents, ses sœurs et son fidèle Loupiot ? Micky est fou de joie ! Oui, mais l'hôtel n'accepte pas les chiens… et il n'est pas question que Micky parte sans son chiot chiot-garou !

Roman

583 Bouffon du roi, roi des bouffons — Junior
par Hubert Ben Kemoun

Blaise, premier bouffon du roi, rêve d'épouser la princesse Léa. Mais le roi s'y oppose et, choqué, en tombe malade. Bravant la loi interdisant de quitter le pays, Blaise part à la recherche d'un médecin pour le roi, espérant ainsi gagner ses faveurs. En s'éloignant du royaume, oublié du temps, Blaise découvre le monde moderne…

574 Le chiot-garou — Junior
par Jacqueline Wilson

La vie est dure pour Micky! Entouré de quatre sœurs toniques, il fait figure de pleurnichard. Sa peur irraisonnée des chiens provoque l'hilarité de son entourage. Et voilà Loupiot! Ce chien est très spécial…

573 Drôle de nom pour un chien — Junior
par Jean-Loup Craipeau

Adopté par deux octogénaires à la santé extraordinaire, le chiot Pète-un-Coup mène une existence choyée. Mais un jour, il absorbe des essences que ses maîtres utilisent pour la préparation d'un parfum «Odeur de Sainteté»…

567 Juju Pirate — Junior
par Évelyne Reberg

Juju Pirate est un pirate du genre rêveur, il n'aime pas se battre. Lorsqu'il découvre la carte de l'île au Crabe, il est frappé par la fièvre de l'or. Armé d'une dent de requin, d'un tonneau de rom-rom et des conseils de Grand-grand-maman pirate, Juju prend la mer sur un radeau, pour affronter les terribles monstres qui convoitent eux aussi le trésor…

559 Liak et la déesse de la mer — Junior
par Yvette Edmonds

Liak vit avec ses grands-parents dans un village inuit. Un jour alors qu'elle chasse avec grand-père, elle recueille un bébé phoque. Ce phoque est albinos, c'est animal sacré qui appartient à la déesse de la Mer. Et Liak, malgré son jeune âge, risque le banissement de la tribu si elle le garde.

Roman

557 Défense de pleuvoir le samedi **Junior**
par Maite Carranza
Ernesto perd la mémoire et change de famille. Le royaume d'Ermelina est menacé par une sorcière. En 2005, une navette spatiale pas comme les autres part en mission. Se raconter des histoires farfelue au téléphone, c'est la meilleure façon de tromper l'ennui d'un samedi pluvieux!bannissement de la tribu si elle le garde. Elle doit choisir.

556 En route pour Wembley **Senior**
par Kim Chapin
Marty n'est pas premier de la classe, non, et d'ailleurs cela ne l'intéresse guère. Il préfère vivre très près la carrière des Bombers, son équipe de football favorite. Malgré ses débuts de saison difficile les Bombers se retrouvent en fin du championnat de la Coupe de la F. A. Marty sera leur mascotte…

549 Le combat du berger **Senior**
par Bertrand Solet
En Italie, au Vᵉ siècle avant J. – C., Sybaris et Crotone sont deux villes rivales. Titorme, berger doté d'une force phénoménale, tue lors d'une bagarre le frère de sa fiancée, Lydia. Il fait alors le serment de ne plus jamais se battre. Lorsque la guerre éclate entre es deux villes, Titorme affronte un cruel dilemme: sera-t-il fidèle à son serment?

548 Les aventures de Pinocchio **Junior**
par Collodi
Geppetto, lorsqu'il décida de fabriquer un pantin de bois, ne savait sûrement pas dans quelle aventure il se lançait! C'est que Pinocchio n'est pas un pantin ordinaire. Plein de vie, il a une notion de la vérité qui lui est propre! Naïf, il suit le premier venu, oubliant tout le reste. Heureusement que la Fée veille… Pinocchio reste un des classiques les plus savoureux de la littérature destinée à la jeunesse.

Roman

544 Prince de la Prairie — Junior
par Celia Barker Lottridge

Sam arrive avec toute sa famille dans la Prairie canadienne pour y construire une ferme. Les enfants reçoivent un cheval, Prince, pour les mener à l'école qui est très loin. L'hiver arrive et le fourrage va manquer pour le bétail. Il faut lâcher Prince dans la nature ; pour Sam, c'est le déchirement…

543 La remplaçante — Junior
par P. J. Petersen

Raymond, le cancre, et Jacques, le premier de la classe, ont eu une idée de farce géniale pour accueillir la remplaçante ! Jacques sera Raymond et Raymond sera Jacques. Mais si le jeu est drôle pendant une journée, il l'est moins quand la remplaçante reste plus longtemps que prévu. Dur de jouer le bon élève lorsqu'on ne l'est pas, plus dur encore de jouer le rôle du cancre lorsqu'on est premier de la classe !

542 Le récif maudit — Senior
par Henri de Monfreid

Kassim aime la riche et belle Amina. Mais, jugé de naissance trop humble pour prétendre l'épouser, il est mis à l'épreuve par le père lde sa bien-aimée, riche marchand de perles. Chargé d'une mission dangereuse en mer Rouge, Kassim affrontera bien des dangers dans ces pays où l'on vit parfois encore à la manière des *Mille et Une nuits*.

541 Croc-Blanc — Senior
par Jack London

Croc-Blanc, mi-chien mi-loup, est né sauvage. Capturé par un Indien, il va découvrir la soumission à l'homme. Indomptable et fier, il attendra longtemps pour trouver un maître qui saura l'apprivoiser, l'aimer.

Roman

540 La révolte des Jeanne
Les Tibeyrant   **Senior**
par Thalie de Molènes

François Tibeyrant a grandi, élevé par son oncle Pierre. Ce dernier lui a communiqué sa passion de guérir et François, à son tour, sera médecin. Le XVIIIe siècle s'achève sur les rumeurs de la Révolution; ce monde nouveau va bouleverser l'ordre établi. Jeanne Desbordes, figure de la sagesse ancienne, va cristalliser la révolte des femmes de Plazac, bien décidées à prendre leur destin en main…

539 Le tour du monde
en quatre-vingts jours   **Senior**
par Jules Vernes

À Londres, en 1872, le gentleman Phileas Fogg engage un pari insensé: accompagné de son fidèle Passe-partout, il va faire le tour du monde en quatre-vingts jours. Le détective Fix, persuadé que Fogg est un vulgaire cambrioleur, tentera tout pour retarder les deux héros. De Londres à Shangai, en passant par les États-Unis, la course nous entraîne à toute allure dans un tour du monde…

537 Vive le rire!   **Junior**
par Jean-Charles

De A comme Automobilistes à V comme Voleurs, en passant par F comme Fantômes ou S comme Souris, voici un florilège d'histoires désopilantes, de quoi animer les cours de récréation dans la joie et la bonne humeur.

536 Espion en Égypte   **Junior**
par Bertrand Solet

Vincent Boutin, espion au service de l'Empereur Napoléon, affronte l'ennemi anglais sur les terres lointaines de Syrie et d'Égypte. Doit-il se méfier de la belle mais intrigante Lady Esther dont il est amoureux? Saura-t-il déjouer les tours de l'obscur Major Misset?

Roman

535 L'année Rase-Bitume
Junior

Par Philippe Barbeau

Dur de reprendre les cours pour les élèves de 5e spécialisée. Surtout quand on sait que le professeur est une armoire à glace, qui a pour consigne de mater cette classe à la réputation difficile. Mais, surprise! Le monstre en question s'avère être un petit bout de femme et la rentrée scolaire a soudain une autre saveur...

534 Saturnalia
Senior

par Paul Fleischman

Capturé au cours d'une bataille entre colons et Indiens, William a été adopté par une famille d'imprimeurs de Boston. Chez les Currie, on renoue avec l'antique tradition des fêtes saturnales; une fois par an les rôles sont inversés, les maîtres sont employés et vice-versa. William est heureux de sa nouvelle vie, pourtant, il éprouve souvent le désir de renouer avec les siens.

533 Gaspard des Montagnes
La tour du Levant – Tome 4
Senior

par Henri Pourrat

Anne-Marie a retrouvé son fils, la paix paraît s'installer durablement. Et pourtant, il est écrit qu'Anne-Marie doit craindre encore pour le petit Henri, son fils. Quant à son amour pour Gaspard, le temps viendra-t-il où ils pourront ne plus cacher leur cœur? Ce volume clôt la série de Gaspard des Montagnes, si belle évocation de l'Auvergne «aux puys couleur de pierre bleues».

532 Cap sur l'Ouest
Senior

Par Betsy Byars

Le grand-père de Birch doit partir en résidence de retraite. En vendant son Piper Cub, un petit avion biplace, il renonce à son plus beau rêve: traverser les États-Unis d'est en ouest. Birch saura le convaincre de réaliser son vœu le plus cher. Ensemble, ils filent pour la grande traversée...

Roman

530 **Le chasseur de mouches** — Junior
Par Danièle Fossette

À Madagascar la vie n'est pas comme ici : Mamy, à sept ans, a déjà une longue expérience derrière lui. Il a été chasseur de mouches, voleur de chaussures, gardien de voitures… avant d'être confié à une institution qui lui trouvera des parents en France. Mamy exprime ce décalage entre ses deux vies avec ses mots, son amour de la vie, plus fort que tout.

527 **Les embûches de Noël** — Junior
par Liliane Korb – Laurence Lefèvre

Mais pourquoi faut-il donc que le cousin de Saint-Flour débarque à la maison pour les vacances de Noël? Quel réveillon épouvantable, avec l'oncle de Louveciennes, ses deux grands dadais et les jumelles: ça ne sera pas la fête! Devoir affronter la foule des grands magasins, pour que son frère soit photographié avec le Père Noël, …

526 **Lee chercheur d'or** — Senior
par Kay Haugaard

La rumeur s'est répandue jusqu'en Chine : de l'or! Il y a de l'or en Californie! Pour Lee, c'est l'espoir d'en finir avec le malheur, la misère, il ira. Mais la Californie est bien loin, et l'or bien enfoui au centre de la terre, ou au fond de rivières glacées. Il faut affronter la colère des hommes blancs qui ont si peur que la manne s'épuise. Lee ne ménagera pas sa peine, tant est forte sa volonté de réussir…

525 **Quoi qu'il arrive** — Senior
Par Frances Temple

«S'ils me prennent, fuyez, quoi qu'il arrive!» Felipe a entendu son père le murmurer à sa mère, un soir. Aussi lorsque Jacinto disparaît, il sait qu'avec sa mère et sa sœur, ils doivent quitter leur pays, le Salvador. En bus, en stop, à pied, ils avancent; leur but? Le Canada…

Roman

522 **Les retrouvailles** — Senior
Par Marilyn Sachs

Molly n'a pas revu sa sœur depuis l'accident qui a coûté la vie à ses parents, huit ans plutôt. Elle est très émue à l'annonce de l'arrivée de Beth, inquiète aussi: qu'ont-elles à partager après tant d'années? Pourquoi Beth est-elle si agressive? Quel est le secret qui la tenaille?

521 **Sauvez Willy 2** — Junior
par Jordan Horowitz

Deux années ont passé. Jesse est heureux avec Glen et Annie et espère bien revoir Willy au cours de ses vacances au bord de la mer. Willy est là, il a retrouvé sa mère, ses frère et sœur, mais n'a pas oublié Jesse. Bientôt, un pétrolier s'échoue sur la côte, provoquant une marée noire dévastatrice. Les orques sont en danger!

520 **Max Glick** — Senior
par Morley Torgov

Le jour de ses neuf ans, au lieu de la maquette de Boeing 747 de ses rêves, Max reçoit un piano et les leçons qui vont avec, quelle trahison! Heureusement, son professeur se révèle un grand original avec qui Max ne s'ennuie pas et, comme il a du talent, sa voie est tracée: il sera pianiste. C'est du moins ce qu'espère très fort toute sa famille...

519 **Gaspard des Montagnes**
Le pavillon des Amourettes – Tome 3 — Senior

par Henri Pourrat

Anne-Marie n'a pas perdu l'espoir de retrouver son fils, enlevé il y a des années par l'ennemi qui s'acharne contre elle. Son amour pour son beau cousin Gaspard est toujours le même, elle y puise la force de poursuivre ses recherches. Parviendra-t-elle à lutter contre le destin qui, jusqu'à présent, ne l'a guère épargnée?

Roman

518 Le chat qui aimait la pluie — Junior
Par Henning Mankell

Luc a reçu un chaton pour son anniversaire, un chaton tout noir, qu'il appellera Nuit! Très vite, Luc sait que Nuit sera son meilleur ami, pour toujours. Mais Nuit disparaît, et commence une ongue, une très longue attente.

517 La dernière valse — Junior
par Lorris Murail

Les grands-parents d'Anisa sont partis à Vienne depuis quelques semaines et ne manifestent aucune intention de revenir. Bien au contraire, dans leurs rares lettres, ils réclament toujours plus d'argent. Bientôt, une femme mystérieuse vient à Paris pour exiger les bijoux de famille. Qui est-elle? Que sont devenus les grands-parents? Pour en savoir plus, Anisa part à Vienne, avec son ami Léonard…

516 Vers l'Ouest avec la nuit — Senior
par Beryl Markham

Beryl Markham fut la première femme qui traversa l'Atlantique, seule à bord de son avion. C'était en 1936. Elle a vécu d'autres aventures tout aussi passionnantes en Afrique où elle a grandi. Femme de passion, elle nous communique dans cette autobiographie son amour de l'Afrique et son appétit de vivre à cent à l'heure.

515 La conspiration de la dague — Senior
par Pilar Molina Llorente

À la mort de son père, Ludovico découvre que des complots se trament à l'ombre des longs couloirs du grand palais florentin où il a grandi. Proclamé seigneur de Santostefano, Ludovico doit choisir entre vivre ses plaisirs et assumer son titre avec la lourde charge qu'il représente pour un garçon de quinze ans. Qui, dans son entourage proche, cherche à le trahir?

Roman

514 Félix Têtedeveau — Junior
par Anne-Marie Desplat-Duc

S'appeler Félix Têtedeveau, et avoir un père boucher, avouez que ce n'est pas banal! Les quolibets sont le triste lot de Félix à l'appel lde son nom, même les institutrices n'y résistent pas. Mais lorsque Oscar Poudevigne arrive dans la classe, tout change! Le club, très secret, des chevaliers aux Noms Impossibles est né. Pour y entrer il faut vraiment avoir un nom impossible et en être fier...

513 Laetitia de Trinidad — Senior
Par Merle Hodge

Pour Laetitia, qui appartient à la communauté noire rurale de Trinidad, entrer au collège est un triomphe. Elle est la première de sa famille à poursuivre des études secondaires! La ville est loin, et, pour éviter de longs trajets quotidiens, Laetitia va vivre chez son père qu'elle connaît à peine. Au collège, Laetitia se lie d'amitié avec Anjanee, d'origine indienne. Mais leur destin sera bien différent...

512 Loisillon la Terreur — Junior
par Chantal Cahour

Aimé Loisillon n'a rien d'un oisillon, c'est une brute, il terrifie à plaisir professeurs et camarades d'école. En CM1 depuis deux ans, seule Mme Plumeau semble capable de le supporter, sans toutefois parvenir à le faire travailler. Mais un jour arrive dans la classe la douce et paisible Clémence Dupont, minuscule pour son âge, Loisillon va n'en faire qu'une bouchée c'est sûr... et pourtant!

511 Vers la ville d'argent — Senior
Par Gloria Whelan

À treize ans, Maï doit quitter son village avec sa famille, fuir les soldats, tout laisser derrière elle... Le voyage sera long, périlleuse la traversée sur un bateau de fortune, et la ville d'argent – Hong Kong – n'est pas le havre de paix et de prospérité tant attendu. Il faut attendre dans un camp de longs mois avant de s'envoler vers un pays d'accueil.

Cet
ouvrage,
le soixante-quatrième
de la collection
CASTOR POCHE,
a été achevé d'imprimer
sur les presses de l'imprimerie
Maury Eurolivres
Manchecourt - France
en février 1999

Dépôt légal : février 1999.
N° d'édition : 4344. Imprimé en France.
ISBN : 2-08-164344-8
ISSN : 0763-4544
Loi n° 49-956 du 16 juillet 1949
sur les publications destinées à la jeunesse